희망으로 꽃을 피워

MY DREAM, MY LOVE

# 희망으로 꽃을 피워

## MY DREAM, MY LOVE

김경희(전 건국대 이사장) 지음

RHK
알에이치코리아

# 프롤로그

내 이야기를 책으로 엮어보자는 제의를 받았을 때 고민이
많았다. 한평생을 평온하고 아름답게만 살아온 사람이 얼마나
있겠는가. 다 저마다의 고통을 짊어지고 살아갈 텐데 마치 나
혼자만 다른 세상을 산 것처럼 내 이야기를 해도 될까 싶은 생
각이 들었기 때문이다. 하지만 내 이야기가 어쩌면 누군가에게
용기나 위로가 될 수도 있겠다는 생각이 들었다. 사실 나조차
도 내가 이런 롤러코스터 같은 인생을 살게 될 것이라고는 상
상조차 못했다. 나는 그저 어릴 때 그랬던 것처럼 행복한 가족
안에서 충만한 사랑을 주고받으며 걱정 없이 살 줄 알았다. 그

4

랬기에 처음 큰 시련이 닥쳐왔을 때 당황하고 황망했던 게 사실이다. 주저앉고 싶었다. 하지만 살아야겠다는, 살아내야 한다는 열정과 의지로 그 고난을 이겨냈고 여기까지 왔다. 그 과정을 솔직하고 담백하게 고백하면 지금 어려운 상황에 빠져 있는 누군가에게 괜찮다고, 나도 이렇게 잘살고 있으니 용기 내라고 다독이는 응원가가 될 수 있지 않을까 싶었다. 그렇게 읽어준다면 더 바랄 것이 없다.

자신의 이야기를 책으로 쓴다는 건 인생을 돌아보고 정리한다는 의미일 것이다. 하지만 나는 그런 의도보다는 이 책을 통해 내 후반전 인생을 어떻게 살아야 할지 계획하는 전환점으로 삼고 싶었다. 마침표를 찍어야 새로운 문장을 시작할 수 있는 것처럼 파란만장했던 전반전 인생에 마침표를 찍고 새로운 인생의 시작을 알리고 싶었다. 그 계획 안에는 그림도 있을 테고 건국대학교의 발전을 위해 내가 무엇을 할 수 있을지에 대한 고민도 있을 것이다.

중국 남경대학교 이사장님이 건국대학교 병원에 걸린 나의 그림을 보고 했던 말이 오래도록 기억에 남는다.

"이 그림은 이사장님의 외로움을 표현한 그림 같네요. 그러면서도 무언가를 갈망하는 열정도 느껴지고요."

내가 어떤 고난에도 쓰러지지 않을 수 있었던 원동력은
사랑하는 가족과 건국대학교였다.

〈가을 장미〉라는 작품이었는데 내가 그 그림을 그렸을 때의 감정, 그림으로 표현하고 싶었던 메시지를 정확히 짚어내는 이 사장님의 이야기에 눈물이 왈칵 쏟아질 만큼 큰 감동을 받았다. 그림은 그렇게 사람의 마음과 마음을 연결시킨다. 이사장님 말씀처럼 나는 늘 고독하고 외로웠다. 하지만 어떤 고난에도 쓰러지지 않을 수 있었던 원동력은 가족과 건국대학교였다. 학교가 지금보다 더 발전하여 대한민국에서 10위 안에 드는 사학으로 성장하는 게 나의 남은 바람이다. 시아버님의 건립 이념에 따라 건국대학교가 대한민국 사학의 기둥이 된다면 그것으로 나의 역할은 충분했다고 생각한다.

이 책은 나의 인생 이야기이기도 하지만 건국대학교가 어떻게 성장해왔는가에 대한 이야기이기도 하다. 학교를 위해 몸과 마음을 바친 지난 17년의 시간은 고통스럽기도 했지만 내 인생에서 가장 영광스럽고 자랑스러운 시간이기도 했다. 하늘에 계신 시아버지 유석창 박사님과 짧은 생을 살다간 남편 유일윤 씨가 보기에도 좋았으면 좋겠다. 나중에 그분들에게 "수고했다"는 말 한마디 듣는 것이 인생의 목표였는데, 부끄럽지 않아 다행이다.

김경희

# 차례

4장

열정과 의지

'최고의 학교를 만들자,'는

인생을 담아 화폭에 나를 담아

5장

# MY DREAM, MY LOVE

# 1장

## 나의 살던 고향은…

# 안성의 소문난 부잣집
# 여섯 번째 딸

내가 태어나 자란 안성은 그때만 해도 시골이었다. 그 시절은 서울이든 경기도든 강원도든 모든 곳이 낙후되고 가난할 때였지만 그래도 안성은 서울이나 부산 같은 도시와는 비교도 할 수 없을 만큼, 지금의 모습은 눈 씻고 찾아볼 수도 없는 촌이었다. 가난하고 무엇이든 부족한 시절이었지만 당시 안성에는 따뜻하고 다정한 정서가 넘쳐흘렀다. 지금도 아름다운 고장이긴 하지만 그때의 안성은 조용하면서도 온화했다. 깨끗하고 아담한 산과 호수로 둘러싸여 마치 사람들을 포근히 안아주는 듯한 느낌이었고, 먹고사는 문제 또한 크게 걱정하지 않아도 될 만큼 땅이 비옥했다. 안성이 가진 그러한 자연 풍광과 정서가 어쩌면 나의 감성을 키우고 가꾸어주었는지도 모른다.

지금도 고향 안성을 떠올릴 때마다 선연히 펼쳐지는 건 계절마다 길가에 흐드러지게 피어나던 꽃과 농산물이 풍요롭게 자라던 논과 밭이다. 그때 우리 동네 사람들은 대부분 농사를 짓고 살았기 때문에 집과 들 주변은 온통 논과 밭이었다. 정겨운 논두렁과 시원한 과수원이 우리들의 놀이터였고 학교였다. 어린 나는 친구들과 어울려 들과 산으로 뛰어다니며 놀았다. 그때는 지금처럼 숙제가 많지도, 당연히 방과 후 수업이나 학원도 없었다. 그러니 천방지축 국민학생들에게 하교 후의 세상은 모조리 우리 것이었다.

겨울을 녹이고 봄이 찾아오면 동네 산에 올라가 산등성이를 뛰어다녔고 햇빛 내리쬐는 여름이면 과수원에 앉아 동네 어른들이 내어준 수박이나 참외를 사이좋게 나누어 먹으며 재잘재잘 떠들었다. 가을이면 산과 들에 열리는 열매를 따먹으며 온 천지가 울리도록 웃으며 내달렸다. 겨울이라고 예외는 아니었다. 그때는 겨울이 굉장히 추웠는데도 우리는 집에 들어앉아 있는 법이 없었다. 친구들과 연을 날리거나 논두렁에서 썰매를 치며 놀았다. 팽이치기도 했다. 그렇게 온 동네를 내 집 안방처럼 뛰어다니니 늘 배가 고팠고 배고픈 만큼 잘 먹으니 키도 쑥쑥 자랐다.

## 활달하고 똑부러지는 성격의 대장부

나는 성격이 활달하고 겁이 없는 편이라 친구가 많았고 항상 친구들 무리에서 우두머리 역할을 했다. 오늘은 무엇을 하고 놀지, 어디에 가서 놀지, 어떤 규칙을 지키며 놀지 아이들에게 제안하는 건 늘 나였다. 나는 개구쟁이에 기발한 생각도 잘하는 편이라 매일매일 재밌는 놀이를 잘도 생각해냈다. 그러다 보니 한두 살 언니 오빠든 어린 동생들이든 모두 나와 놀고 싶어 했다. 동네에서 나를 모르는 사람이 없을 정도였다. 그때는 옆집 숟가락이 몇 개인지까지 훤히 아는 시절이었다. 이웃이 친인척보다 가까웠고 좋은 일은 함께 기뻐하고 슬픈 일은 함께 나누곤 했다. 그러다 보니 한 동네가 커다란 가족 공동체 같았다.

그런 이웃 간의 친밀함도 내 유명세에 한몫하기도 했지만, 사실 우리 집안은 안성에서 모르는 사람이 없는 집안이었다. 그때 부모님이 하시던 운수업이 크게 번창해서 안성에서 내로라하는 유지였기 때문이다. 얼마나 부자였는지 안성 읍내 중심가 땅 대부분을 갖고 있을 정도였다. 게다가 우리 집은 4남 3녀 대식구였다. 그때는 집집마다 자식을 많이 낳을 때이기도 했지만 우리 집이 동네 사람들에게 부러움을 샀던 이유는 부자라든가 자식이 많다는 이유보다는 자식 농사를 잘 지었기 때문이었다.

깨끗하고 아담한 산과 호수로 둘러싸여 마치 사람들을
포근히 안아주는 것만 같았던 내 고향.

우리 집 언니 오빠들은 하나같이 모범생이었다. 신기한 건 공부도 잘했지만 대부분 그림에 뛰어난 소질을 보였다는 점이다. 예술적인 기질이나 소양도 타고나는 것인지 어느 누구하나 빠지는 사람이 없었다. 학교에서 1, 2등을 다투는 언니 오빠에, 자식 교육에 헌신적인 부모님 밑에서 부러울 것 없는 유년 시절이었다. 언니 오빠들과 많게는 열 살 이상 차이가 나다 보니 어렸을 적 본 언니 오빠들은 대부분 의젓하고 어른스러운 모습이었다. 다만 내가 언니 오빠들과 달랐던 점 하나는 친구들 이끄는 걸 좋아하고 성격이 무척 활발했다는 점이다. 나처럼 천방지축 들로 산으로 뛰어다니는 사람도, 친구 무리를 이끌며 호령하는 사람도 없었다.

나는 무척 개구쟁이였지만 말썽쟁이는 아니었다. 언니 오빠들을 보면서 내 할 일을 똑 부러지게 하는 법을 배웠고 숙제나 그날 해야 할 일은 절대 미루지 않았다. 내 할 일을 다 하고 놀았으니 아무도 나를 야단치거나 다그치지 않았다.

"경희는 너무 강압적으로 붙잡아두면 안 돼. 알아서 잘하니까 자유롭게 풀어주는 게 저 아이한테 더 교육적이야."

부모님은 가족들에게 그렇게 말하며 최대한 자유를 주었다. 그렇게 안성의 소문난 부잣집 여섯 번째 딸은 자유롭게, 타고난 천성을 마음껏 누리며 어린 시절을 보냈다.

# "반장 경희야,
# 학교 가자!"

 

 

 

내가 부모님에게 그런 믿음을 주었던 이유는 철이 일찍 들었기 때문이 아니었다. 나도 가끔은 숙제를 내팽개치고 친구들이랑 딱지치기도 하고 싶고 산에 올라가 머루도 따먹고 싶었다. 하지만 내가 놀고 싶어 엉덩이를 들썩들썩하면서도 그렇게 할 수 없었던 이유, 아니 그렇게 하지 못했던 이유는 '반장'이었기 때문이다. 반장이 뭐 대수냐고 할지 모르지만 나에게 반장은 대수였다. 그때만 해도 한 반에 60명 이상이 모여 공부했기 때문에 아이들 대표가 꼭 필요했다. 선생님 한 분이 그 많은 아이들을 통솔하기 어려웠기 때문이다. 심부름거리도 많았고 아이들을 대표해 해야 할 일도 많았다. 1학년 때부터 6학년 졸업할 때까지, 나는 한 번도 빠지지 않고 늘 반장이었다. 6학년 때는 전교 부회장까지 맡아 대표 자리에서 내려와 본 적이 없었다. 그러다 보니 자연스럽게 책임감을 가질 수밖에 없었다.

'반장인데 숙제도 안 하고 공부도 못하고 노는 것에만 정신이 팔려 있으면 아무도 나를 반장으로 인정해주지 않을 거야.'

어린 나이에도 이런 생각이 머릿속에 가득 차 있었다. 아무도 가르쳐주지 않았는데도 그랬다. 아마 그런 어른스러운 책임감이나 리더십도 언니 오빠들에게 배운 게 아닌가 싶다. 물론 언니 오빠들은 부모님의 가정교육을 통해 배웠을 테고 말이다. 집안이 서로 알아서 잘하는 분위기였기 때문에 나도 자연스럽게 그 분위기를 따라갔던 것 같다. 부모님을 실망시키는 일도, 언니 오빠에게 꾸지람을 듣는 일도, 아이들에게 손가락질 받는 것도 나는 싫었다. 그래서 어떤 일이 있어도 그날 할 일은 무조건 끝내 놓고 놀았다. 대충할 수도 없었다. 반장이 공부를 못한다면 누가 나를 반장으로 인정해줄 것인가 하는 생각을 그 작은 머리로도 충분히 예상할 수 있었다.

아이답지 않은 그런 의젓함과 책임감이 어른들 눈에는 유독 예뻐 보였던 모양이다. 나는 부모님은 물론이고 나이 차이 많이 나는 언니 오빠, 동네 어른들, 선생님들에게 많은 사랑을 받으며 자랐다. 어른들에게 예쁨 받기 위해 하는 행동이 아니니

아무런 의심 없이,
아무런 불안 없이 행복했던 시간들.
그 시절이 그립다.

친구들도 나를 좋아하고 많이 따랐다. 그때는 집에서 30분을 걸어 등교했는데 친구들은 아침마다 우리 집에 찾아와 대문 밖에서 내 이름을 크게 부르곤 했다.

"경희야, 나와라. 학교 가자."

"김경희, 지금 안 나오면 지각이야."

온 동네를 쩌렁쩌렁 울리는 아이들의 목청 알람이 나는 늘 반가웠다. 밥도 다 못 먹고 허둥지둥 가방을 메고 뛰쳐나갈 정도였으니까. 그럴 때면 엄마는 내 등에 대고 기쁨 반, 안타까움 반이 섞인 목소리로 외쳤다.

"아이고, 경희야. 밥도 다 안 먹고! 조심해, 조심! 그러다 다칠라!"

친구들과 재잘거리며 등교하는 길이 나에게는 언제나 꽃길이었다. 지금처럼 자동차와 매연으로 가득한 거리가 아니라 녹음이 우거지고 꽃이 만발하고 푸른 하늘이 눈부시게 투명한 안성의 풍경 속을 걸었다. 그때는 새도 왜 그렇게 명랑하고 청량하게 울어대던지 등굣길의 배경음악 같았다. 그 아름다운 풍경 속을 걸으며 우리는 퍼져나가는 산등성이 햇살에 환호성을 지르기도 하고, 구름을 보면서 기린을 닮았네, 같은 반 철우를 닮았네 하면서 상상력을 발휘하기도 하고, 이름 모를 예쁜 꽃을 발견하면 가까이 다가가 냄새를 맡기도 하고, 길가에 열린 산딸기를 따먹기도 했다. 그러다 보면 30분 거리의 등굣길이 50

분, 1시간이 되기도 했다. 하지만 등굣길의 그 즐거움을 버릴
수 없어 나와 친구들은 매번 일찍 집을 나서곤 했다.


## '내가 하지 않으면 누가 하겠어'


그때는 초등학교 교실을 콩나물교실이라고 부르곤 했는데
한 반에 60명 넘는 아이들이 모여 있다 보면 이런저런 말썽이
생기지 않을 수가 없다. 장난처럼 서로를 놀리다가 몸싸움으로
까지 비화되어 치고받는 남자아이들도 많았고, 누가 물건을 훔
쳤네 가져갔네 망가뜨렸네 하면서 울고불고 하는 날도 많았다.
공부 못하는 아이들을 놀리거나 울리는 경우도 있었다. 그런
일이 벌어질 때마다 반장이 나서야 했다. 특히 고학년으로 올
라가면서 그런 책임이 더 커졌다. 내 선에서 해결하지 못해 선
생님이 개입해야 할 직전까지 나는 아이들을 달래고 설득하고
화해시키는 일을 해야 했다. 내가 감당하기 버거운 일도 있었
고 매번 그런 일이 생길 때마다 난감하기도 했지만 싫지는 않
았다. '내가 이런 일까지 해야 하나'라는 생각보다 '내가 하지
않으면 누가 하겠어'라는 생각이 먼저 들었다. 처음에는 여자
라고 무시하던 남자아이들도, 네가 뭘 아냐고 눈을 흘기던 아
이들도 나중에는 내 진심을 알고 내 말을 경청했다. 아마 그런

반 아이들의 믿음과 신뢰가 6학년 내내 반장을 하게 만든 힘이었던 것 같다.

아름다운 자연 속에서, 마음 잘 맞는 친구들과 어울려, 어른들과 친구들에게 인정받으면서 보낸 유년 시절. 너무나 당연한 말이지만 그때는 정말 아무런 근심 걱정 없는 행복한 나날이었다. 배를 곯지도, 미래에 대한 걱정도 없었다. 그저 내가 할 수 있는 일을 즐겁게 하면 모든 것이 행복했던 시절. 지금도 가끔 안성에서 보낸 유년 시절이 떠오른다. 아무런 의심 없이, 아무런 불안 없이 행복했던 시기였노라고 기꺼이 말할 수 있다.

하지만 그 순수하게 행복했던 시절도 끝을 향해 달리고 있었다. 부모님이 자식들의 교육을 위해 안성에서 국민학교를 마치면 한 명씩 서울로 올려 보내셨던 것이다. 사업 기반이 안성에 있으니 부모님은 떠날 수 없었지만 우리는 안성이 아닌 서울에서 더 큰 세상을 보며 자라야 한다고 생각하셨다.

안성을 떠나야 한다고? 이 많은 추억과 친구들을 모두 두고 서울로 가야 한다고? 기대보다는 두려움과 걱정이 앞섰다. 하지만 부모님은 단호했고 결정을 내린 즉시 일은 일사천리로 진행되었다. 내 유년 시절의 아름다웠던 안성은 그렇게 12년 만에 이별을 고했다. 수십 년이 흐른 지금까지 마치 어제 일처럼 안성의 유년 시절이 선명한 이유는 아름다운 만큼 짧았기 때문인지 모른다.

# 사랑으로 크고
# 믿음으로 자라다

나는 지금도 아이를 키우는 건 8할이 사랑이라고 생각한다. 그 사랑은 아이의 어리광을 다 받아주고 해달라는 것을 부족함 없이 해주고, 이 세상에서 네가 최고라고 치켜세워주는 식의 사랑이 아니다. '나는 너의 부모로서 너를 무슨 일이 있어도 지켜줄 것이고 너를 이 세상에서 가장 사랑한다'는 굳건하고 변하지 않는 감정을 아이가 느끼게 해주는 것이 사랑이라고 생각한다.

부모의 자리는 어렵고 힘들다. 노심초사하면서도 의연한 척해야 한다. 부모로서 불안하고 힘든 감정을 아이가 느낀다면

자녀가 행복하기를 바란다면 나의 행복을 위해서가 아니라

자식의 행복을 위해서 그들을 사랑하세요.

그 아이 역시 그 감정을 고스란히 흡수한다. 그러니 서로가 서로에게 애정과 믿음과 확신이 있어야 한다. 아이를 낳는다고 해서 부모 역할을 자연스럽게 배우고 능숙하게 해나갈 수 있는 게 아니라 깨지고 깨우치면서 배우는 것이다.

그런 면에서 본다면 나는 최고의 환경에서 자란 셈이다. 부모님은 사업 때문에 무척 바빠서 다른 집 부모님들처럼 우리에게 매순간 매시간 사랑을 베풀지는 못했지만 나는 느낄 수 있었다. 부모님이 우리를 얼마나 사랑하고 얼마나 소중하게 아끼는지를. 같이 있는 시간이 짧아도 그 시간이 아쉽지 않을 만큼 부모님은 무한한 사랑과 신뢰를 보여주었다. 아버지와 어머니의 사랑의 방식은 조금 달랐지만 우리는 두 분의 사랑을 고스란히 느낄 수 있었다.

## 부모님의 열렬한 자식 교육

사랑과 믿음이 큰 만큼 부모님은 우리에게 기대도 크셨다. 특히 아버지는 자식 교육에 대해서만큼은 이 세상 어느 누구 못지않게 욕심이 많으셨다. 아버지가 하고 싶은 공부를 마음껏 못하셨기 때문이다.

아버지 세대는 국민 대부분이 가난했다. 먹고살기조차 힘들어서 오직 먹고사는 일이 가장 중요한 삶의 가치였다. 그러다 보니 아주 특별히 부유한 집안에서만 아이들에게 공부를 시켰는데 그조차 흔치 않은 일이었다. 아버지 또한 가난 때문에 공부에 뜻을 품지 못했다. 동네에서 유난히 똑똑한 아이였지만 가난 앞에서 총명함은 쓸모가 없었다.

가난했던 시절, 아버지 집에는 팔 소도 집도 없었다. 하루하루 입에 풀칠하기도 힘든데 공부가 가당키나 한 일인가. 그런 비극은 옛날 드라마의 단골 소재가 될 만큼 흔한 풍경이었다. 공부하고 싶다는 아이에게 빗자루 매질을 하면서 너 가르칠 돈이 어딨냐고, 동생이 줄줄이 달렸는데 어떻게 네 생각만 하냐고, 철이 없어도 이렇게 없냐고, 공부해서 어따 쓰겠냐고 혼내는 일이 정말 많았다. 아버지도 그런 엄혹한 시절을 살아왔다.

그래서 아버지는 공부에 한이 많았다. 머리가 좋고 똑똑했던 터라 사업 수완을 발휘해 큰 부자가 되었지만 공부에 대한 미련만큼은 버리지 못했다. 지금이야 나이 들어서도 대학에 다시 입학해 공부하는 사람도 많고, 시민대학이라는 이름의 수준 높은 교육기관도 있지만, 그때는 그런 일은 꿈도 꿀 수 없었고 그런 곳이 있지도 않았다. 그래서 아버지는 공부에 대한 아쉬움을 자식들이 충족시켜주길 바라셨다.

"아버지는 너희들 공부시키려고 돈 버는 거다. 내가 왜 잠 못 자가면서 이 고생을 하겠니. 다 너희들 앞길 열어주려고 그러는 거다. 아버지 꿈은 그거 하나야."

자식에 대한 아버지의 기대와 욕심이 있었기에 아버지는 우리를 엄하게 대했지만 막무가내로 무섭기만 했다기보다 원칙에서 어긋났을 때는 가차 없이 나무라는 식이었다. 과묵한 데다 그런 원리원칙에 철저하다 보니 우리는 아버지와 살갑게 지내지는 못했다. 사실 그 당시 아버지들이 다 그랬다. 지금이야 친구 같은 아버지, 다정한 아버지가 낯설지 않지만 그때는 집안의 가장으로서 권위와 체통을 지키는 아버지가 거의 대부분의 아버지 모습이었다.

하지만 우리는 아버지를 존경하고 사랑했다. 아버지의 그 엄한 모습 속에서 우리에 대한 사랑을 충분히 느낄 수 있었기 때문이다. 아버지의 권위를 내세우기 위해 우리를 다그쳤던 게 아니라 우리를 위해서, 우리에게 좀 더 좋은 미래를 주기 위해서 그러신다는 걸 알고 있었기 때문이다.

그런 엄한 아버지를 대신해 우리를 안아주고 이해해주었던 건 어머니였다. 어머니도 아버지와 함께 바깥일을 했지만 우리와 함께 있을 때는 우리에게 온전히 집중했다. 다른 어머니들처럼 우리를 챙겨주지 못한다는 미안한 마음에 1분 1초라도 짬이 생기면 아낌없는 사랑을 주었다. 늘 바쁜 어머니였지만 나는 불평하지 않았다. 사랑은 시간이 아니라 깊이라는 걸 어럼풋이 느꼈기 때문이다. 하지만 어머니도 원칙이 있는 사랑을 주었다. 그래서 책임감 없이 행동하거나 자기 할 일을 제대로 하지 못하면 아버지 못지않게 우리를 나무랐다.

## 교육열로 시작된 서울행

두 분의 열렬한 교육열은 우리만의 서울살이가 시작된 이유였다. 당시에는 그런 서울 유학생이 흔치 않았다. 더구나 일곱 명이나 되는 자녀를 국민학교를 졸업하면 한 명씩 올려 보내 한집에 살게 하는 일은 정말 드문 일이었다.

부모님은 우리 7남매가 살 수 있도록 가회동에 큰 집을 마련해주고 살림을 해줄 도우미 아주머니도 붙여주었다. 이런 전폭적인 지원 속에서 우리 형제자매는 공부 잘하고 부모님 마음고생 시키지 않는 모범생으로 자랐다. 그리고 모두 일류대학교 의대, 경영학과에 진학했다. 언니들은 예술적 재능이 뛰어나 미대에 진학했다.

그런 형제자매를 보고 자라면 자연스럽게 공부도 따라가게 된다. 특히 나는 자존심이 강하고 남들에게 지는 걸 싫어하는 성미라 언니 오빠들처럼 공부를 잘하려고 무척 노력했다. 나이가 어릴수록 누군가를 기쁘게 해주고 싶어서 공부를 잘하고 싶

아버지와 어머니는 바쁘셨지만 자식들을 위해서 아낌없는 사랑을 주셨다.
사랑은 시간이 아니라 깊이라는 걸 느낄 수 있었다.

은 마음이 크기 마련이다. 엄마가 좋아하니까, 아빠가 잘했다고 칭찬하니까, 선생님이 기뻐하니까…. 나도 어렸을 때는 그런 마음이 컸던 것 같다.

중고등학교 때는 언니가 나를 엄마처럼 무척 챙겨주어서 허튼 생각을 하면 안 된다는 마음도 있었다. 7남매의 여섯째다 보니 언니 오빠들과 나이 차이가 많이 났고 그러다 보니 언니 오빠들에게는 마냥 귀여움을 받았다. 특히 언니는 내가 중학교 다닐 때 매번 교복을 빨아주고 빳빳하게 다려주었다. 당시 교복은 검은색 상하의에 상의에는 하얀 칼라를 대야 했다. 그 칼라가 더럽거나 구겨지면 선도부에 걸리거나 담임선생님께 매섭게 혼이 났다. 그런데 내 교복 칼라는 항상 깨끗했다. 언니가 매일 내 교복 칼라를 떼어내 깨끗이 빨아주었기 때문이다.

"엄마가 같이 살았다면 이렇게 해주셨을 거야. 언니가 엄마 대신이야."

언니는 그렇게 말하며 매일 교복을 다리고 칼라에 풀을 먹여서 단정하게 달아주었다. 그런 사랑을 받았으니 부모님과 함께 살지 않아도 불성실하게 생활할 수가 없었다. 초중고 12년 내내 나는 한 번도 지각이나 결석을 해본 적이 없다. 아파도 학교에 가서 아팠다. 그게 당연한 줄 알았다.

# 세상에서 가장 값진 선물

　우리는 부모님이 안 계신 집에서 누구 하나 흐트러짐 없이 반듯하게 잘 지냈다. 언니 오빠들이 날 엄하게만 대했다면 나는 오히려 엇나갔을지도 모른다. 숨 막히고 답답한 분위기를 원래 싫어하기도 하거니와 부모님을 더 그리워하며 외로움을 느꼈을지도 모른다. 언니 오빠들은 어린 나이에 부모님 보살핌을 받지 못하는 내가 안타깝고 가여워서였는지 나와 잘 놀아주었다. 나이 차이가 많이 나는 어린 동생은 대개 귀찮아하기 마련 아닌가. 대화도 통하지 않고 어리광을 피우거나 고집을 부리니 같이 놀기 싫었을 것이다.

　하지만 우리 집 언니 오빠들은 친구들이 부러워할 만큼 나와 잘 놀아주었다. 지금도 나는 언니 오빠와 어울려 하얀 가래떡을 구워먹고 함께 그림 그리며 깔깔대며 놀았던 순간이 사진처럼 떠오른다. 언니가 물감으로 그림을 그리면 나는 옆에서 크레파스로 그림을 그렸고, 오빠가 도스토옙스키를 읽으면 나는 옆에서 모험 동화를 읽었다. 내가 놀다가 꾸벅꾸벅 졸면 번쩍 안아 이부자리에 눕혀주는 오빠가 있었고 어려운 수학 문제는 옆에서 같이 풀어주는 언니가 있었다. 동생으로, 감수성 예민한 여자아이로 온전히 행복한 날들이었다.

　누구든 나를 처음 보면 사랑 많이 받고 자란 티가 난다고 말

한다. 고마운 칭찬이다. 부모 복, 형제자매 복은 선택할 수 없기에 세상에서 가장 값진 선물이다. 지금도 그 모든 것에 한없이 감사하다. 그런 아낌없고 무조건적인 애정을 받았기에 훗날 감당하지 못할 아픔과 고통을 이겨낼 수 있었던 게 아닐까 싶다.

지금 만약 누군가 나에게 어떻게 그렇게 당당하고 자신감 넘치는 여성으로 살아올 수 있었느냐고 묻는다면 나는 자신 있게 대답할 수 있다.

"누군가에게 조건 없는 애정과 신뢰를 받으면 됩니다. 자녀가 행복하기를 바란다면 나의 행복을 위해서가 아니라 자식의 행복을 위해서 그들을 사랑하세요. 내가 다른 사람에게 자랑하고 싶고 내세우고 싶어서가 아니라 그 아이가 선천적으로 가지고 태어난 것을 응원하고 북돋아주고 애정을 주세요. 그런 사랑을 받고 자란 아이는 자기 몫을 다하는 자신감 있는 아이로 성장합니다."

# 시골 출신 똑순이의
# 서울 적응기

우리의 첫 서울살이는 가회동에서 시작되었다. 묘한 인연이다. 부모님이 왜 가회동에 우리의 첫 서울 집을 마련하셨는지 모르겠지만 남편과 결혼 이야기가 오갈 때 남편 집이 가회동이라는 말을 듣고 정말 많이 놀랐다. 이런 걸 인연이라고 하는 건가 싶어 나도 모르게 이 결혼은 운명이라는 생각까지 했다.

부모님은 사업 때문에 서울로 오시기가 힘들어 우리 서울 집에는 살림을 해주고 우리를 뒷바라지해줄 도우미 아주머니 두 명이 상주했다.

"엄마가 시간 날 때마다 올라갈게. 언니 오빠들 말 잘 듣고 공부 열심히 해야 한다."

엄마는 미안한 마음을 숨긴 채 단단히 일렀지만 나는 그래
도 걱정이 많았다. 이제 막 국민학교를 졸업한 어린 여자아이
에게 부모님 없는 서울은 너무 크고 두려운 곳이었다. 하지만
장남도 장녀도 아닌 여섯째 딸인 내가 부모님의 결정에 반기를
들 수는 없었다. 다정한 부모님이었지만 한 번 결정한 일은 절
대 물리는 일이 없었고, 자식들 교육에 있어서만큼은 누구보다
엄격하셨다.

서울 집은 안성 집보다 훨씬 넓고 깨끗한 한옥이었다. 새집
을 보니 걱정스러웠던 마음 한편에 설레는 마음도 들었다. 사
실 언니 오빠들과 나이 차이가 많다 보니 아이들끼리 산다는
생각은 별로 들지 않았다. 하지만 언니 오빠가 나를 일일이 챙
겨주고 살펴줄 수는 없었다. 이제부터는 정말 모든 걸 스스로
해야 했다. 너무 어려서 도우미 아주머니들이 많은 걸 챙겨주
었지만 그래도 부모님 슬하에서처럼 어리광을 부릴 수는 없었
기에 나이에 비해 어른스러워졌던 것도 서울살이를 시작하면
서부터였다. 자립심이라는 걸 알 수도 없고, 알 필요도 없는 나
이였지만 나는 조금씩 자립심 있는 아이로 성장해나갔다.

사는 곳이 바뀌니 생활방식도 많이 달라졌다. 안성에서처럼
밖으로 나가 자연을 느끼고 즐기기보다는 학교와 집이 주 생활

공간이 되었다. 모든 게 낯설고 몸에 익지 않아 어리숙하고 주눅 들기 일쑤였다. 이런 상태에서 어떻게 학교생활을 할지 걱정이 앞섰다. '서울깍쟁이'라는 말은 내가 어릴 때도 진리처럼 통하는 말이었다. 서울이 고향이 아닌 사람들은 으레 서울 사람들을 깍쟁이라고 여겼다. '눈 뜨고도 코 베이는 곳'이 서울이라는 속담도 어쩐지 진짜 같았다. 안성에서 온 동네를 휘어잡고 다니던 천하의 나였지만 서울에서의 생활은 어쩐지 초라한 기분이 들기도 했다. 어쨌든 안성은 서울에 비하면 깡촌이니까.

'시골에서 왔다고 무시하면 어쩌지? 처음부터 세게 나가야하나? 아니면 친절하고 상냥하게 먼저 다가가야 할까?'

이런저런 계획을 세우고 마음도 단단히 먹었지만 열두 살 어린아이가 감당하기엔 서울이 너무 컸다. 하지만 한 가지, 이제 반장은 하지 않아도 되겠다는 안도감은 들었다. 국민학교 내내 반장을 도맡아 했고 그 역할이 싫지는 않았지만 부담스러웠던 것도 사실이다. 서울깍쟁이들을 상대로 반장을 맡는다는 건 상상도 하기 싫고 잘할 자신도 없었다. 하지만 등교 첫날, 내바람은 산산이 부서졌다.

# 중학교 때도
# 반장이 되다

"1학년 6반 반장 김경희!"

선생님의 호명에 정신이 아득해졌다. 시골 출신인 내가 서울의 최고 4대 명문인 진명여중에서 반장에 뽑혔다고? 알고 보니 반장은 성적순으로 뽑은 터였다. 당시에는 중학교도 시험을 보고 들어갔는데 시험 성적으로 각 반의 반장을 뽑았다는 것이다. 모두 일곱 반이었던 우리 학교는 1등은 1반 반장, 2등은 2반 반장이 되는 식이었다. 그러니까 나는 중학교 입학시험에서 전체 6등을 한 탓에 6반 반장이 된 것이다.

이왕 이렇게 된 거 달리 방법이 없었다. 서울에 올라오자마자, 중학교에 입학하자마자 반장이라는 역할을 맡으니 무거운 책임감이 느껴졌다. 서울 아이들에게 촌사람이라거나 시골 출신이라는 놀림을 받고 싶지 않았다. 그러려면 내 본분인 공부에서 뒤처져서는 안 됐다. 그래야 반장이라는 역할도 잘해낼 수 있었다. 그러다 보니 학교생활에 충실했고 공부도 게을리하지 않았다. 맡은 일을 책임감 있게 잘해 내니 얼마 가지 않아 선생님들도 나를 믿고 신뢰를 보내주었다.

"경희한테 맡기면 야무지게 잘하니까 무슨 일이든 믿고 맡길 수 있어."

선생님들의 칭찬은 어린 나에게 큰 힘이 되었다. "칭찬은 고래도 춤추게 한다"는 말도 있지 않은가. 안 그런 척했지만 낯선 서울 생활에서 주눅 들어 있던 나에게 선생님들의 작은 칭찬은 큰 격려이자 위안이었다. 칭찬은 용기를 먹고 성취와 성과라는 열매로 맺혔다. 처음에는 나를 경계하고 무시하는 눈치였던 아이들도 서서히 마음을 열고 가까이 다가왔다.

반장이라 자꾸 친구들 앞에 나서야 하는 일도 많고, 또 선생님이 자꾸 나만 불러 얘기하는 것을 시기하는 친구들도 물론 있었지만, 다행히 내 주위에는 나를 인정하고 나의 진심을 알아주고 나를 사랑해주는 친구들이 더 많았다. 그 친구들은 그런 소문은 신경 쓰지 말고, 세상 모든 게 불만인 아이들은 누굴 보고 어떤 상황에 부딪쳐도 불평불만만 한다고 다독여주었다. 친구들의 말은 사실이었다. 나를 미워하는 아이들보다 좋아하고 인정해주는 아이들이 많았던지 나는 2학년, 3학년 때도 아이들의 절대적인 지지로 반장이 되었다.

## 고등학교 때도 계속 반장이 되다

고등학교 때도 마찬가지였다. 진명여자고등학교에 진학한 나는 3년 내내 반장이었다. 당시 진명여고는 규율이 엄하기로 유명했다. 청결, 예의, 학습 면에 있어서 혀를 내두를 정도로 철저했다. 심지어는 화장실도 신발을 벗고 들어가야 할 만큼 청결과 규율을 엄격하게 지켜야 했다. 그러다 보니 진명여고 졸업생이라면 무조건 며느리 삼는다는 우스갯소리가 있을 정도였다. 당시는 여학생으로서의 태도라든가 처신을 상당히 중요하게 여기던 시절이라 여자고등학교에서 아이들을 어떻게 교육시키고 어떻게 예절을 가르치느냐가 중요한 교육 목표였다. 그것이 여자가 받아야 할 최고의 교육이라고 생각하던 시절이었다. 그렇게 엄격한 규율과 규칙 아래에서 교육받아야 공부도 잘하고 대학진학률도 높다고 여겼다.

규율이 엄격하고 철저한 곳에서 3년 내내 반장을 했다는 건 선생님들의 신뢰와 친구들의 지지가 없다면 불가능한 일이었

혼자서는 아무 일도 할 수 없다는 것을,
다양한 사람들의 마음을 모으는 힘이 공감이라는 것을
어렸을 적부터 몸에 익혀왔다.

다. 나는 고등학교 내내 뒷줄에 서본 적이 없다. 반장으로 반을 대표하다 보니 늘 앞줄에서 아이들을 통솔하고 선생님과 학교 측 의견을 전달하고 아이들 의견을 조율하는 역할을 해야 했다.

지금 생각하면 그게 경영자 수업의 첫발이었다는 생각이 든다. 어떤 리더십이 좋은 리더십인지, 여러 마음을 모아 하나의 목표를 이룰 수 있게 사람들을 단결시키려면 어떻게 해야 하는지 등을 그때 예행 연습했다는 생각이 든다. 고등학교 때도 역시 나를 경계하고 의심하고 시기하는 아이들이 있었지만 그런 친구들도 하나의 목표 아래서 이탈하지 못하도록 품어 안아야 했다. 세상에서 가장 얻기 힘든 것이 사람 마음이지만 진심으로 다가간다면 반드시 얻을 수 있는 것도 사람 마음이다.

무조건 강하고 일방적으로 몰아친다고 해서 마음을 얻을 수 있는 건 아니다. 내 성격이 감성적이어서였을까? 나는 나를 미워하고 시기하는 아이들에게 마음으로 다가갔다. 나를 아주 솔직하게 보여주고 내가 무엇이 힘든지, 내가 이 일을 왜 하려고 하는지, 네가 나에게 얼마나 필요하고 중요한 사람인지 가식 없이 보여주었다. 사람들은 솔직함에 마음을 연다. 힘들고 어려운 점을 부끄러워하지 않고 드러내면 그들도 자신의 마음을 보여준다.

감성 경영이란 거창한 게 아니다. 상대의 이야기를 들어주고 내 마음을 보여주고 마음을 모아 전진하면 된다. 물론 사람들을 규합한 뒤에는 흔들리지 않는 추진력이 중요하다. 그 추진력은 마음을 동력 삼아 움직인다. 상대방에 대한 신뢰, 애정, 공감이 바탕이 되어야 한다. 그런 심적인 동질감이 없다면 리더의 추진력은 방향을 잃고 중심을 잃는다.

물론 고등학생이었던 내가 이런 리더십 이론을 바탕으로 반장 역할을 했던 건 아니다. 지금 생각해보면 국민학교, 중학교 시절을 거치면서 자연스럽게 습득한 리더십이 아니었을까 싶다. 혼자서는 아무 일도 할 수 없다는 것, 모든 사람이 내 마음 같지 않다는 것, 그런 사람들의 마음을 모으는 힘은 공감이라는 것, 그런 뒤에 진정한 리더십이 나온다는 것. 그런 것들을 12년 동안의 반장 역할을 통해 몸에 익혔던 것 같다.

그러다 보니 규칙이나 규율을 지키는 것에도 익숙해졌다. 일탈을 할 수 없는 전형적인 모범생이 된 것이다. 하지만 열일곱 열여덟 열아홉은 꽃다운 청춘이 아니던가. 아무리 하지 말라고, 그건 학생다운 행동이 아니라고 한다 한들 남녀 사이에 오가는 감정은 규칙이나 규율로도 막을 수 없는 게 인지상정이다.

# 나의 소심한 일탈

　요즘 고등학생들은 교복을 입어도 치마 길이를 줄인다든가 치마 대신 바지를 선택해 입는다든가 하는 자율성이 주어지고 대부분의 학교에서 두발 또한 개인의 개성에 따라 자유롭게 선택할 수 있지만, 내가 고등학교를 다니던 1960년대 고등학교에는 자유란 없었다. 남학생을 만나는 것은 물론이고 교제는 꿈도 꾸지 못할 일이었고 극장 출입도 자유롭지 못했다. 심지어는 빵집도 못 갔다. 극장이나 빵집에 간 게 들키면 바로 정학이었다. 학생들은 공부에 방해가 된다고 여겨지는 모든 것을 금지당한 채, 오로지 선생님과 학교의 지시에 따라 공부만 해야 했다. 지금 말하는 문화생활 자체를 할 수 없었다. 학생들에게 취미 활동이나 여가 생활은 있을 수도 없었고, 그런 것을 하려면 대역죄를 짓는 것 같은 심정으로 두근대며 숨어서 해야 했다. 그러니 나는 오죽했겠는가. 언제나 아이들의 모범이 돼야 한다고, 그게 당연하다고 생각하며 학교생활을 했던 나로서는 하지 말라는 것을 하는 건 꿈도 꿀 수 없는 일이었다.

## 호기심에 보러 간 영화

그런데 고등학교 1학년 때였다. 친한 친구들이 극장 구경을 가자고 청천벽력 같은 제안을 한 것이다.

"야, 니들 그러다 들키면 어쩌려고 그래. 그럼 우리 다 정학이야."

"안 들키면 되지."

"선생님들이 극장에 몰래 숨어 있다던데? 언제 어디서 나타날지 모른대."

"그러니까 안 걸릴 수도 있는 거잖아."

"맞아. 경희야, 우리 같이 가자. 이 영화 엄청 재밌대. 내 친구들도 다 봤어."

"난 좀 무서운데."

내 학창시절은
소소한 일탈과 호기심 사이에서
줄타기를 하며 흘러갔다.

"야, 김경희. 너 우리 배신할 거야? 우린 죽어도 같이 죽고 살아도 같이 살아야 되는 친구잖아!"

"경희야, 넌 극장 가보고 싶지 않아? 난 진짜 극장에 한 번 가보고 싶어. 지금까지 극장에서 영화 본 적이 한 번도 없어. 텔레비전보다 10배는 큰 스크린이잖아. 기분이 어떨까?"

친구들은 나를 꼬시려고 별의별 소리를 다 늘어놓았다. 사실 나도 극장에 정말 가보고 싶었다. 극장에서 보는 영화는 어떤 느낌일지 너무 궁금했다. 하지만 만약 선생님한테 들키기라도 한다면 내 인생은 망하는 거였다.

순진했던 나는 그때 정말 그렇게 생각했다. 정학이라니. 내 인생에 있을 수도 없는 일이었다. 부모님과 언니 오빠들, 선생님들의 한심해하는 눈빛을 어떻게 감당한단 말인가. 하지만 여고생의 호기심을 누가 막을 수 있을까. 나는 결국 친구들과 극장으로 출동했다.

"와, 극장이 이렇게 생겼구나. 화면 봐. 우리 집 텔레비전보다 20배는 크겠다."

"사람이 이렇게 많은데 우리를 어떻게 찾겠어. 걱정 마. 발각될 일은 절대 없어."

자리에 앉은 친구들은 이런 말을 속닥거리며 나를 안심시키려 했지만 나의 불안은 극에 달했다. 영화가 시작되고 관객들과 친구들은 영화 속에 빠져들어 현실을 잊어버린 것 같았다.

하지만 나는 다리가 후들후들 떨렸다. 갑자기 선생님이 불쑥 튀어나와 내 목덜미를 잡고 극장 밖으로 끌고 나갈 것만 같았다.

"반장이라는 녀석이 극장 가는 애들을 말릴 생각은 안 하고 같이 가? 정신이 있는 녀석이야, 없는 녀석이야? 너한테 정말 실망이다!"

선생님의 이런 고함소리가 귓가에 울려퍼지는 듯했다. 결국 영화가 시작하고 20분도 안 돼서 나는 극장 밖으로 뛰쳐나왔다. 영화가 무슨 내용인지 하나도 귀에 들어오지 않았고 배우들의 얼굴이 무서운 선도부 선생님 얼굴로 보였다.

그날의 작은 일탈은 그렇게 싱겁게 끝났다. 집에 돌아와서도 죄인이라도 된 것 같은 기분에 사로잡혀 언니 오빠들 눈도 제대로 못 봤다. 다음 날 학교 가는 게 너무 두려웠다. 하지만 다행히 아무 일도 일어나지 않았다.

"야, 김경희. 너 진짜 그렇게 안 봤는데 엄청 겁쟁이더라. 우릴 버리고 중간에 나가버릴 수 있냐?"

건수를 잡은 친구들은 나를 놀리고 싶어 꼬투리를 잡기 시작했다.

"니들 경희 얼굴 봤어? 얼굴이 하얗게 질려서 다리까지 달달 달 떨던데?"

친구들은 깔깔깔 웃으며 나를 놀렸지만 나는 웃을 수 없었다. 극장에 앉아 있던 그 짧은 순간을 떠올리기만 해도 사지가 후들거렸다. 그 뒤로 나는 다시는 극장에 가지 않았고 친구들도 더 이상은 같이 가자고 조르지 않았다. 사람은 생긴 대로 살아야 한다는 걸 그때 깨달았다. 일탈도 아무나 할 수 있는 게 아니라는 사실도 깨달았다. 나의 학창시절은 그렇게 소소한 일탈과 억누른 호기심 사이에서 줄타기를 하며 흘러갔다.

# 모범생에게도
# 봄바람은 불어오고

고등학교 때 나는 키가 큰 편에 속했다. 지금은 아이들의 평균 신장이 굉장히 커졌지만 당시에는 남녀 모두 평균 신장이 무척 작았다. 특히 여학생들은 키가 작고 아담한 학생들이 많아서 같이 서 있으면 내가 불쑥 올라와 있곤 했다. 이목구비도 오밀조밀 작은 편이 아니고 큼직큼직하고 화려한 편이라 사람들의 시선을 자주 받곤 했다. 게다가 반장이어서 교단에 올라가는 일이 많았기 때문에 사람들이 쳐다보는 것에 꽤 익숙해 있었다. 그런데 어느 날부터인가 한 남학생의 시선이 나의 눈길을 끌었다.

당시 진명여고는 효자동에 있었다. 가회동에 살았던 나는 학교까지 걸어서 등교했는데 어느 날부터인가 집 근처에서 서성거리는 한 남학생이 눈에 들어오기 시작했다.

'뭐지? 설마 날 기다리는 건 아니겠지?'

그 남학생은 항상 같은 자리에 서 있었다. 교복을 보니 K고등학교 학생이었다. 처음에는 친구를 기다리나 싶었다. 하지만 하루 이틀이 지나도 늘 그 자리에 서 있는 데다 나와 눈이 마주칠 때마다 쭈뼛거리는 게 아닌가. 시선 받는 일에 어느 정도 익숙했던 나도 처음에는 그냥 우연히 눈이 마주친 것이겠지 여기며 신경 쓰지 않았다.

그런데 남학생은 일주일이 지나고 보름이 지나도 늘 같은 자리에 서 있었다. 나를 볼 때마다 쑥스러워 하면서 말을 걸까 고민하는 모습이 역력했다. 가슴이 덜컥 내려앉았다. 시간이 지날수록 나를 기다리고 있는 게 확실하다는 느낌이 들었다. 만약 누군가 이 모습을 보고 선생님한테 일러바친다면 큰일이 나는 것이다.

"선생님, 김경희 K고등학교 학생이랑 연애한대요!"

생각만 해도 소름이 돋았다. 소심하고 마음이 약했던 나는 남학생을 볼 때마다 그가 말이라도 걸까 봐 겁이 덜컥 났다. 그래서 그의 교복 끝자락이라도 보일라치면 고개를 푹 숙이고 걸음을 재촉하며 그 자리를 피했다.

그러던 어느 날이었다. 그날도 역시 남학생은 우리 집 근처에서 서성거리고 있었다. 나는 누가 볼세라 발걸음을 재촉했다.

"저, 저기요!"

우려했던 일이 벌어졌다. 남학생이 나를 기다리고 있다는 걸 알게 된 순간부터 나에게 말을 걸면 어쩌나 걱정했고 말을 걸면 도망가야 할까, 아니면 톡 쏘아붙여 다시는 쫓아다니지 못하게 해야 할까 고민하곤 했는데 드디어 그 일이 벌어지고 만 것이다. 나는 우뚝 멈춰 서서 우선 주위를 둘러보았다. 다행히 거리에는 아무도 없었다.

"저… 저는 K고등학교 다니는 2학년 ○○○입니다. 학년도 같은 것 같고 앞으로 친하게 지냈으면 해요…."

순진하고 착해 보이는 얼굴이었다. 마음이 그대로 전해질 만큼 남학생의 목소리는 떨리고 있었다. 그런 태도를 보니 싫거나 무섭지는 않았지만 그렇다고 "그래, 우리 지금부터 친구가 되어보자"며 손을 내밀 수도 없는 일 아닌가. 당시에는 여학생과 남학생이 눈만 마주쳐도 세상이 무너질 것처럼 어른들이 호들갑을 떨던 시대였다. 물론 그런 억압과 제재 속에서도 만날 아이들은 만나고 연애할 아이들은 연애도 했지만 나는 공부 말고는 다른 것에 관심조차 갖지 않았다.

남학생에 대한 호감이고 뭐고 누구한테 들킬까 봐 겁부터 났다. 나는 불에 데인 것처럼 얼굴이 벌겋게 달아올라서 아무런 대꾸도 못한 채 서둘러 자리를 피했다. 남학생은 내가 당황스러워하는 모습을 보고 더 이상은 쫓아오지 않았다.

　집에 들어와서도 가슴이 콩닥콩닥 뛰었다. 아무에게도 들키지 않았으니 다행이다 싶은 마음이었지만, 웬일인지 불쾌한 기분은 아니었다. 그 남학생에게 첫눈에 반한 것도 아니고 친구가 되고 싶은 마음도 없었지만 자꾸만 피식피식 웃음이 새어나왔다. 그 남학생이 능수능란하게 말을 붙이고 자신만만하게 다가왔으면 오히려 거부감이 생겼을지도 모른다. 하지만 나만큼이나 부끄러워하고 어쩔 줄 몰라 하는 모습에 착한 친구라는 생각이 들어 마음이 놓이기도 했다.
　그날 이후, 학교가 끝나고 집으로 향하는 길목에 그 남학생이 기다리고 있지 않을까, 라는 은근한 기대가 생겨났다. 그 남학생은 언제나 나보다 빨리 그 자리에 서 있었다. 어느덧 나는 남학생의 기다림에 익숙해졌다. 안 보이면 왠지 서운하기까지 했다. 용기 내서 말을 붙여볼까 하는 마음이 없던 것도 아니지만, 그러기에는 내가 너무 소심했다. 나는 당연하게도 이성교제 경험이 전혀 없었기 때문에 이런 경우 어떻게 해야 할지도 몰랐다. 그렇다고 언니 오빠나 친구에게 물어볼 수도 없었다.

다시는 그때의 순박하고 순수했던 마음은 돌이킬 수 없지만….
그때의 순수했던 우리의 모습이 그리워진다.

To Be
ANSWERED..

「관영름 밤의꿈」

# 손편지를 건네주던 효자동 그 소년

그렇게 또 며칠이 지났다.

"안녕."

남학생은 처음 말을 걸었던 때보다는 조금 차분해진 느낌으로 또다시 인사를 건넸다. 나는 걸음을 멈추고 남학생을 바라보았다.

"부담주려는 건 아니고…. 그냥 친해지고 싶었어. 이거 받아줄래?"

남학생은 포장지로 싼 선물을 내밀었다. 나는 물끄러미 선물을 내려다보다가 남학생의 얼굴을 바라보았다. 꼭 받아주었으면 하는 간절한 표정이었다. 나는 조심스럽게 선물을 받았다. 남학생의 얼굴에 금방 미소가 번졌다.

"고마워. 다음에 보자."

남학생은 그렇게 말하고 성큼성큼 걸어갔다. 선물은 손수건이었다. 당시에는 남학생이 여학생들에게 손수건 선물을 많이 했다. 지금은 손수건 가지고 다니는 사람들이 많지 않지만 당시에는 여학생이라면 대부분 손수건을 가지고 다녔다. 가장 요긴한 선물이기도 했고 예쁘기도 해서 여학생들이 가장 좋아하는 선물이었다. 수건 가장자리로 하늘색 수를 놓은 하얀 면 손수건은 어쩐지 남학생의 마음 같았다. 혹시 내가 곤란해질까

봐, 아니면 부담스러워할까 봐 늘 조심스러워 하던 착한 얼굴의 남학생. 그의 마음이 고마웠다. 그 뒤로도 그 친구는 늘 내 곁을 맴돌았다. 몇 번의 편지를 건네주었고 카드에 말린 꽃잎을 넣어 마음을 전하기도 했다. 편지 내용도 담백했다. 그저 자신이 오늘 무슨 일을 했고 어떤 공부를 했으며 어떤 책을 읽었다는 내용이었다. 그런 순수하고 깨끗한 마음이 나는 참 좋았다. 어느 날은 아무도 없는 길가에 서서 짧은 이야기를 나누기도 했다.

"편지 잘 읽었어. 고마워."

"편지를 써본 적이 없어서…. 좀 엉망이지?"

"아니, 잘 썼던데."

그런 일상적인, 무덤덤한 대화였다. 빵집에서 만나자거나 극장에 가자는 약속 같은 건 없었다. 남학생은 나에게 부담 주고 싶어 하지 않았고 나는 따로 만날 용기가 없었다. 그렇게 그 남학생은 고등학교 내내 내 곁에서 나를 바라보았다. 늘 수줍게 웃고 살짝 눈인사를 하고는 아무 일 없었다는 듯 등교를 했다. 같은 자리에서 같은 표정으로 나를 기다리고, 가끔은 일상적인 이야기를 소소하게 나누며 몇 걸음 같이 걸어가는 정도의 사이였지만, 나는 그 친구가 가로등 같았다. 있는 듯 없는 듯 내 곁에서 은은하게 빛나고 있는 아이. 왠지 듬직하고 믿음직했다.

하지만 그 친구에 대한 마음은 딱 거기까지였다. 친구로는 좋았지만 이성으로는 마음이 가지 않았다. 사람의 감정이란 그토록 서글픈 것이다. 두 마음이 서로 하나가 되어 만나기란 얼마나 어려운 일인가.

그런데 그 친구의 마음은 대학교까지 이어졌다. 우연히 스쳐 지나가듯이 얼굴을 몇 번 마주친 적이 있다. 눈인사 정도 하고 지나쳤지만 더 이상 관계가 진척되지는 않았다. 상대의 마음이 진심이라고 해서 받아들일 수 있다면 아마 이 세상에서 짝사랑으로 눈물 흘리는 사람은 아무도 없을 것이다. 상대가 진심으로 날 좋아하고 사랑한다 해도 내가 아니면 마음은 잘 움직이지 않는다. 마음이란 참 얄팍하기도 하면서, 때로는 냉정하기도 하다. 그 친구와의 인연은 그렇게 흐지부지 끝났다.


## 시어머니에게서 그 소년의 소식을 듣게 되다니


결혼 후 그 친구에 대한 소식을 엉뚱한 곳에서 듣게 되었다. 바로 시어머니께 말이다.

어느 날, 시어머니와 이런저런 이야기를 주고받으며 집안일을 하고 있을 때였다. 어쩌다가 어머님의 가까운 친척 얘기가 나왔는데 어머니가 갑자기 한숨을 푹 쉬며 이렇게 말씀하셨다.

"그 친척 아들내미가 참 순진하고 공부밖에 모르던 애였는데 웬 여자애 때문에 성적이 순식간에 떨어지면서 부모 속을 엄청 썩였잖니."

"고등학교 때 여자를 만난 거예요?"

"고등학교 내내 만난 건지 어쩐 건지는 모르겠는데 ○○가 K고등학교 다니면서 내내 반장만 하고 공부를 엄청 잘했거든. 서울대학교는 눈 감고도 들어간다는 모범생이었는데 갑자기 여자한테 빠지더니 정신을 못 차리고 앞가림을 못하더라고. 말도 마라. 그 친척 내외가 엄청 속 썩었어, 그 녀석 때문에."

내내 반장만 하다가 여자 하나 때문에 성적이 뚝뚝 떨어져 부모 속을 썩어 문드러지게 만들었던 불효막심한 그 아들내미는 나를 쫓아다니던 바로 그 친구였다. 시어머니 입에서 그 친구의 이름을 듣는 순간, 하늘에서 벼락이 떨어지는 줄 알았다. 어머니에게 슬쩍 그 친구의 신상에 대해 더 물었는데 확실히 그 친구였다.

세상이 이렇게 좁다니 정말 조심하면서 살아야겠구나 싶은 마음이 들었다. 더 우스운 건 그 친구랑 나는 아무 사이도 아니었고 인연도 길지 않았는데 괜히 죄지은 기분이 들었다는 점이다. 마치 나쁜 일이라도 하다가 들킨 것처럼 갑자기 얼굴이 달아오르고 가슴이 죄어왔다. 그저 길거리에 서서 편지를 받고 손수건을 받고 몇 마디 말을 나누고 대학 때 한두 번 스쳐 만났을 뿐인데도 꽁꽁 숨겨야 하는 엄청난 과거를 들킨 것처럼 심장이 쿵쾅쿵쾅 뛰었다.

요즘 사람들은 별것도 아닌 일로 왜 도둑이 제 발 저려서 그러느냐고 반문하겠지만 그 당시는 이성교제에 대해 굉장히 보수적이고 꽉 막힌 사고를 가졌던 때였다. 특히 여자들에게는 더 까다로운 조건이 붙어서 결혼 전 남자 문제는 깨끗해야 했고, 과거 연애사를 입 밖으로 내는 분위기도 아니었다. 그런 분위기 속에서 살아왔으니 나는 물론이고 그 당시 여자들 대부분이 농담으로라도 예전에 만났던 남자친구에 대해서는 입도 벙긋하지 않았다. 물론 나는 그 친구와 연애조차 하지 않았지만 괜히 찔려서 서둘러 화제를 바꿔버렸다.


## 순박했던 시절 인연


그런데 생각해보니 그 친구는 진작에 내가 이 집안의 며느리라는 걸 알았겠구나 싶었다. 결혼식장에서 이미 내 얼굴을 봤을 테니 말이다. 그 친구도 내 얼굴을 본 순간 나처럼 벼락 맞은 것 같은 기분이었을까?

그 친구와는 그 뒤로 한 번도 만난 적도, 이야기를 나눈 적도 없으니 그때의 마음이 어땠는지는 알 수 없다. 다만 대학을 졸업한 뒤 미국으로 이민을 떠났다는 이야기만 건너건너 들었을 뿐이다.

나와 그 친구는 진지한 연애를 한 적도, 마음을 나눈 적도 없는 사이지만 나는 지금도 아주 가끔, 순수하고 맑았던 그 친구의 그 시절 감정을 떠올릴 때마다 마음이 따뜻해진다. 하얀 면 손수건을 곱게 포장해서 들고 있던 수줍은 소년, 눈 내리는 효자동 길에서 교모를 손에 들고 하염없이 나를 기다리던 순수한 소년, 꽃그림이 그려진 편지지 위에 자신의 마음을 꾹꾹 담아 손글씨를 써내려갔던 그 소년의 모습이 고맙고 미안하다.

세상에 치이고 사람에 치여서 몸과 마음이 고단해지면 그때의 순수했던 우리의 모습이 그리워진다. 떠올리는 것만으로도 마음이 정화되는 기분이다. 다시는 그때 그 시절로 돌아갈 수 없고 그때의 순박하고 순수했던 마음은 돌이킬 수도 없지만, 아마도 그래서 그 시절과 그 시절의 사소한 감정들이 이렇게 소중하게 느껴지는 것 같다.

서로 가는 길이 달라 더 이상 인연으로 맺어지지 못했지만, 짧고도 따뜻한 기억을 심어준 효자동 길의 그 소년. 그에게도 내가 그런 기억으로 잔잔하게 남아 있다면 그것으로 우리의 인연은 아름다운 것이다.

# 미로 속에서
# 청춘을 그리다

 한 번도 반장을 안 해본 적 없던 나는 고등학교 3학년 때도 역시 반장으로 뽑혀 학급일을 했다. 학급 대표일 뿐만 아니라 학교 대표로도 뽑혀 대대장을 맡았다. 지금으로 치면 전교 부회장 정도의 역할이다. 대학교 입시 준비하느라 바쁘고 정신없는 나날이었지만 대대장 역할도 소홀히 할 수 없었다. 고등학생이 되고 나서는 학습량이 감당하기 힘들 정도였지만 선생님들이나 부모님들의 기대, 일류대학에 척척 입학한 언니 오빠들을 보면 나도 설렁설렁 공부할 수는 없었다.

 깨어 있는 거의 모든 시간을 공부만 했지만 가끔 집중이 안 되거나 답답할 때면 캔버스를 펼쳐놓고 그림을 그리기도 했다. 그림을 그리면 마음이 편안해지면서 스트레스가 줄어들었다.

어렸을 적부터 고등학교 때까지 나는 붓을 손에서 놓은 적이 없었다. 교내외 사생대회에 참가하면 늘 좋은 성적으로 수상했고 주위에서도 나의 재능을 칭찬하곤 했다. 그래서 어느 순간부터는 미대를 가야 하나 진지하게 고민하기도 했다. 하지만 그런 생각이 들다가도 한편으로는 예술이 아닌 학문을 깊이 있게 공부해보고 싶기도 했다. 미대를 가면 내가 가고 싶은 대학에 갈 수 있다는 자신감이 있었지만 일반대학은 어찌될지 모르는 일이라는 걱정도 들었다.


마음을 정하지 못한 채 고등학교 3학년의 시간은 째깍째깍 흘러갔다. 시간은 속절없이 흘렀고 어느덧 진로를 결정해야 하는 시간이 코앞에 다가와 있었다. 나는 부모님께 그동안의 고민과 걱정거리를 털어놓으며 미대에 진학하고 싶다고 말씀드렸다. 부모님은 의외의 반응을 보였다.

"다른 과도 많은데 왜 미대에 가려고 하니?"

아버지는 만족하지 못하신 듯한 목소리로 말씀하셨다.

"엄마도 그렇게 생각해. 그림은 나중에 취미로 그려도 될 것 같은데."

내 의견이라면 크게 반대한 적 없는 엄마도 그렇게 아버지를 거들었다.

"그림 그리는 게 좋기도 하지만 미대라면 제가 가고 싶은 대학에 갈 수 있을 것 같아요."

"지금까지 성적도 좋았고, 그 성적이라면 좋은 대학에 갈 수 있을 텐데…. 그림을 그리지 말라는 게 아니라 아빠가 보기에는 다른 능력을 펼칠 기회가 있는데 굳이 미대를 간다니 좀 아깝다는 생각이 들어서 그래."

부모님은 의외로 강경하게 미대 진학을 말리셨다. 신기하게도 언니들은 모두 미대를 졸업했거나 미대에 진학한 상태였다. 언니들도 공부를 잘했지만 그림에 대한 재능이 출중했기에 당연한 수순처럼 미대에 진학한 것이다. 내가 기억하기로 부모님은 언니들의 미대 진학에 별로 반대하지 않았다. '네가 좋다면'이라는 말로 흔쾌히 허락했다. 그래서 부모님이 나의 미대 진학을 반대했을 때 놀라지 않을 수 없었다.

하지만 부모님이 저렇게까지 말리는 데는 이유가 있지 않을까 싶은 생각도 들었다. 누구보다 그림을 사랑하고 즐겨 그렸지만 한 번도 화가가 되어 살고 싶다는 생각을 해본 적이 없었던 것도 사실이었다. 그림은 그저 내 생활의 일부였지 그 이상에 대해 생각해본 적이 없었다.

# 당당하게 나만의 삶을 꿈꾸며

'나는 무엇을 하라고 태어난 사람일까? 앞으로 나는 내 인생을 어떻게 꾸려나가야 할까?'

미래에 대해 구체적으로 생각해본 적 없는 나는 부모님의 반대에 부딪혀서야 내 미래를 궁금해하며 고민하기 시작했다. 그저 막연히 그림을 그리겠다는 생각이 얼마나 나 자신에게 무책임한 생각이었는지 깨달았다. 그때부터 나는 진지한 고민에 빠졌다. 내가 잘하는 특기를 살려 대학에 진학할 것인가, 아니면 미지의 세계에 도전하여 새로운 꿈을 꾸기 시작할 것인가. 가까운 선생님이나 친구들의 의견도 들어보고 언니 오빠들에게 물어보기도 했다. 그리고 무엇보다 내 마음속 이야기에 귀를 기울여보았다.

당시 여성들의 삶이란 대개 결혼이 종착지였다. 대학에 입학하는 여성의 비율도 매우 낮았지만 대학을 마쳤다 해도 자기 직업을 가지고 커리어를 쌓는 여성은 드물었다. 여성 인권이라든가 여성의 사회활동에 대한 사회적 인식이 매우 낮다 보니 여성의 사회 진출과 커리어에 대한 존중이 여성들 자신에게도, 사회적으로도 매우 미비했다.

하지만 우리 집안은 그렇지 않았다. 어머니도 아버지와 함께 사업을 하셨고 언니들도 모두 대학에 입학하여 자유롭게 공

나는 무엇을 하기 위해 태어난 사람일까?
앞으로 나는 내 인생을 어떻게 꾸려가야 할까?
당당하게 나만의 삶을 만들어 나가고 싶었다.

부하고 연애하면서 진취적이고 새로운 가치관을 가진 여성으로 성장했다. 나는 자라면서 한 번도 "여자애가 왜 그렇게 남자애처럼 놀아?"라든가 "여자애가 좀 조신해야지"라는 말을 들어본 적이 없다. 부모님들도 내 활달한 성격을 나무라거나 '여성스러워지라'고 충고한 적이 단 한 번도 없었다. 그러다 보니 나는 다른 친구들에 비해 훨씬 남녀에 대한 편견이 적었고 여자니까 이러저러해서는 안 된다는 선을 스스로 그어본 적도 없었다. 여성도 능력을 키우고 그런 능력만 있다면 남자들과 동등하게 사회생활을 해야 한다고 생각했다.

'그래, 나도 내 일을 가지고 당당하고 멋지게 살고 싶어. 예술은 나중에 다시 할 수 있을 거야. 조금 어려운 길일지도 모르지만 당당하게 나만의 삶을 꾸려나갈 수 있는 전문적인 공부를 해보자.'

## "저 재수할래요"

누구나 그렇듯 수험생 생활은 힘들었다. 중학교와 고등학교 입학시험을 준비한 경험이 있긴 했지만 그것과는 비교도 할 수 없을 만큼 스트레스가 컸다. 어른이 되는 첫 관문이라는 생각에 어깨에 짊어진 부담감을 떨쳐버리기가 어려웠던 탓이다. 더구나 언니 오빠들은 모두 일류대학에 합격했다는 집안 내력도 부담이었다. 라이벌 의식이라고까지는 할 수 없지만 나 혼자 언니 오빠들과 동떨어지고 싶지는 않았다. 문제는 대대장이라는 직책이었다. 수험생이라 학교에서 많이 배려해줬지만 학급이나 학교 일에서 아예 빠질 수는 없었다. 이래저래 시간을 쪼개 쓰느라 하루가 모자랄 정도였다.

스트레스와 부담감 때문이었을까? 나는 학력고사에서 평소 실력의 턱밑에도 미치지 못하는 점수를 받고 말았다. 너무 뒤늦은 진로 선택과 잘해야 한다는 지나친 완벽주의가 빚은 결과였다. 기대가 컸던 만큼 충격이 너무 컸다. 나는 물론이고 세상조차 싫어졌다. 이런 점수를 받아본 적이 없거니와 누구한테 공부 때문에 질책을 받아본 적 없던 나는 세상 사람들이 모두 나를 비웃는 것 같은 기분이 들었다. 부모님 얼굴도, 언니 오빠들 얼굴도 보기 싫을 정도였다.

"엄마, 나 재수할래요."

며칠 동안 끙끙 앓고 난 뒤, 나는 어머니께 재수를 하겠노라 통보했다. 내 자존심이 입은 상처를 회복하는 건 그 길밖에 없다고 생각했다. 어머니는 나를 물끄러미 바라보다 무언가 하고 싶은 말이 있는 듯 입을 달싹거리셨다. 하지만 끝내 아무 말씀 없이 입을 굳게 다무셨다. 그리고 며칠 뒤 나는 담임선생님을 찾아가 내 결심을 전했다.

"선생님, 저 재수할래요."

"재수?"

"네, 더 좋은 점수 받아서 좋은 대학 가고 싶어요."

"재수가 얼마나 힘든 일인데. 학교 밖을 벗어나는 순간, 모든 것이 유혹이야."

"잘할 자신 있어요."

가끔 어머니는 나를 보고 '고집이 소 힘줄 같다'고 말씀하시곤 했다. 어머니 말처럼 나는 한 번 마음먹은 일에는 좀처럼 물러서지 않았고 그대로 실행에 옮겨 반대했던 사람들에게 보란 듯이 내 결정이 얼마나 옳은 것이었는지 보여주곤 했다. 그러니 담임선생님의 충고가 귀에 들어올 리 없었다.

며칠 뒤, 갑작스레 교장선생님이 나를 호출했다. 대대장 직책을 맡고 있어 교장선생님과 가깝게 지냈고 선생님이 유독 나를 예뻐해주셨기에 아마 대학 진학과 관련된 이야기를 해주려나 보다 싶었다.

"재수하고 싶다고 했다며?"

나는 무겁게 고개를 끄덕였다.

"음, 교장선생님은 별로 좋은 생각이 아닌 것 같아."

그 당시 누구에게나 들어왔던 말이라 별로 놀랍지도 않았다. 교장선생님은 내 표정을 찬찬히 읽으시고는 조심스럽게 말을 이어갔다.

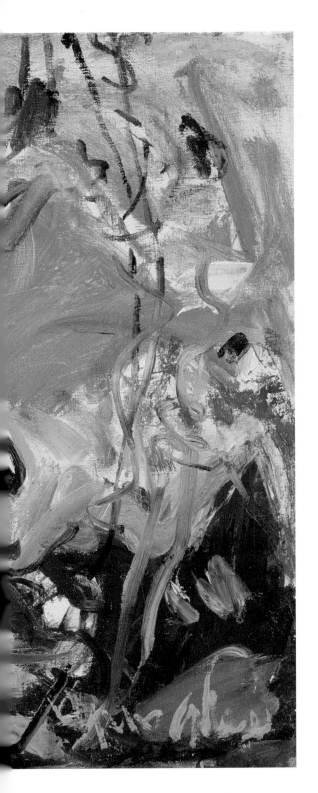

나는 생각 밖의 이 기회를
좋은 결과의 발판으로 만들고 싶었다.
언제나 그랬듯이
나는 항상 도전해왔으니까.

"인생을 살다 보면 대학은 그렇게 중요한 게 아니란 걸 알게 될 거야. 지금은 하늘이 무너져 내리는 것 같은 기분이겠지. 하지만 과정이 중요하지 결과는 그만큼 중요하지 않아. 그런데 재수는 그 과정에서 사람을 많이 지치게 만들어. 앞으로 본격적으로 학문을 연구해 교수가 되거나 연구자가 될 게 아니라면 대학에 집착할 필요는 없어."

교장선생님의 진심이 담긴 충고에 내 마음은 서서히 녹아내렸다.

"선생님이 경희를 6년 내내 지켜봤잖아. 선생님이 보기에 경희는 리더십이 뛰어나고 통솔력도 있어. 대학 간판에 매달리기보다는 그런 자질을 살려서 전공과목을 선택하면 나중에 큰 도움이 될 거야."

그렇게 말씀하시면서 내게 추천해주신 학과가 바로 건축학과였다.

"건축이라는 게 혼자서 잘한다고 완성되는 게 아니거든. 협업이 매우 중요한 일이고 예술적인 감각도 필요해. 경희는 그림도 잘 그리고 예술적 재능도 있으니 건축학과가 잘 맞을 거야. 대학에서 공부하다가 부족하다 싶은 건 유학 가서 더 깊이 있게 공부해도 되고. 어때?"

선생님의 애정 어린 충고에 나는 마음을 빼앗겼다. 괜히 하는 말이 아니라 정말 제자를 아끼고 사랑하기에 할 수 있는 진심 가득한 충고임을 깊이 느꼈다. 나는 선생님 말에 따르기로 했다. 누군가가 그토록 진심을 다해 하는 말이라면 믿어도 될 거라는 생각이 들었다.

그리고 여러 선생님들의 도움으로 한양대학교 건축학과에 입학했다. 원하던 대학, 관심 있었던 학문은 아니었지만 우선은 도전해보기로 했다. 어떤 두려움이 있고 어떤 어려움이 있어도 나는 늘 그래왔으니까. 어쩌면 원래 내 계획에 없었던 일이었지만 나는 생각 밖의 이 기회를 좋은 결과의 발판으로 만들고 싶었다. 열아홉이라는 나이는 절망하고 내 자신을 다그치기에는 너무 어리고 무한한 가능성의 나이니까.

# MY DREAM,
# MY LOVE

# 2장

# 자유와 낭만을
# 누리다

# '어디에서'가 아닌
# '어떻게'로 나를 이끌다

　　대학은 그야말로 딴 세상이었다. 고등학교 때 그 나이 또래 같지 않은 책임감으로 똘똘 무장했던 어린 리더였던 나는 규율에 익숙한, 그 규율을 벗어나면 조금 불안해하는 아이였다. 그러다 보니 어른들 말씀을 잘 듣고 하지 말라는 행동은 하지 않는 시키는 대로 하는 아이였다. 하지만 대학에는 규율이 없었다. 입고 싶은 옷을 마음대로 입을 수 있었고(물론 사회적인 규제가 존재하기는 했다), 머리도 내 마음대로 꾸밀 수 있었다. 통행금지 시간이 있기는 했지만 밤에도 자유롭게 이동할 수 있었고 물론 극장도 마음대로 갈 수 있었다.

갑자기 주어진 자유가 어리둥절하기만 했다. 그 자유를 보란 듯이, 마음껏 누릴 수도 있었지만 막상 그런 기회가 주어지니 그렇게 무분별하게 즐기기에는 내 안에 거부감이 조금 있었다. 대학생들은 맘보바지를 입고 부풀린 파마에 화장을 한 채 극장 으로 술집으로 삼삼오오 어울려 다녔지만 나는 그게 내키지 않았다. 솔직히 말하자면 목표했던 대학에 떨어지고 난 뒤 들어간 학교여서 마음 붙이기가 어려웠다. 그래서 학기 초에는 공부만 했다. 고등학교 때와는 완전히 다른 공부를 한다는 게 신기하기도 했고 재미있기도 했다.

건축이라는 낯선 학문은 호기심을 자극하기에 충분했다. 선생님의 추천대로 건축학과는 예술적 감각과 재능이 필요했기에 적성에도 잘 맞았다. 똘망똘망한 눈빛으로 열심히 강의를 들으니 교수님들도 나를 예뻐했다.

"경희 학생, 자네는 딴 생각 말고 열심히 공부하다가 조용히 졸업하게. 그러면 내가 좋은 직장을 추천해주지."

그렇게 격려해주시는 교수님들이 많았다. 하지만 호기심 많고 활동적인 내가 교수님들 말씀처럼 그렇게 조용히 공부에만 집중하기란 쉬운 일이 아니었다. 나는 기본적으로 성격이 활달하고 사교성 있는 타입이라 가만히 공부만 하는 스타일은 아니었다. 학기 초에는 학교에 적응하기 힘들어 공부에 집중했지만 학기가 지날수록 대학 생활에 적응하면서 친구들도 많이 생겼다.

대학생이 되면서 내게 자유가 허락된 것 같았다.
나는 다양한 친구들을 만날 수 있었고
여유로운 시간에는 그림 그리기에 집중할 수 있었다.

# 대학의 꽃, 쿠사 서클활동

우선은 대학의 꽃이라고 할 수 있는 서클 활동을 시작했다. 쿠사(KUSA, Korean UNESCO Student Association)라는 학생회였는데 유네스코 학생회였다. 전국에 쿠사란 이름을 갖고 활동하는 대학교 동아리가 약 80여 개 있었다. 사회에 새로운 물결을 일으키는 대학생 학생회로 봉사활동이 주요 활동이었다. 특히 다른 학교와 연합해서 학술 모임을 하거나 자원봉사 활동을 했는데 그 활동이 정말 재미있었다. 다양한 학교에서 온 각양각색의 개성을 지닌 학생들을 만나 이야기하고 교류하다 보니 시야가 넓어지는 것 같았다.

가끔 일본에 가서 봉사활동도 하고 일본 대학을 방문하기도 했는데 그런 경험은 누구나 할 수 있는 것이 아니어서 더욱 특별했다. 그때 인연을 맺은 일본 대학교 학생들이 한국을 방문하면 우리 집에서 민박을 시켜주기도 했다. 해외여행이 자유롭지 못한 시대라서 해외에 나가기도 어려웠고 외국 사람을 만나기도 어려운 시절이었으니, 그런 상황을 고려할 때 나는 많은 경험과 혜택을 누리며 대학 생활을 한 셈이다.

쿠사 활동을 하면서 대학 생활에 흥미를 붙이기 시작했고 덕분에 학교에 마음을 붙이고 학과 공부에도 더 집중할 수 있었다.

대학에 가니 고등학교 때보다 시간을 여유 있게 쓸 수 있어서 그림 그리기도 본격적으로 시작할 수 있었다. 중고등학교 때도 붓을 놓은 적은 없지만 아무래도 입시 공부를 하다 보면 마음만큼 시간 여유를 가지기가 쉽지 않은 것도 사실이었다. 게다가 그때는 성적이나 입시에 대한 부담감이 커서 좋은 그림이 나오기도 쉽지 않았다. 하지만 대학에서 풍부한 경험을 하다 보니 그림도 좋아졌다.

그림을 그릴 때면 걱정거리도 사라졌다. 내가 좋아하는 세계 안에서 오로지 그림 하나에만 집중하는 시간. 그 시간이 내겐 정말 소중했고 가장 행복한 시간이기도 했다. 몸도 마음도 여유로운 상황에서 그림을 그리다 보니 실력도 일취월장했다.

내가 보기에만 그런 건지, 아니면 다른 사람 눈에도 그런 건지 궁금해졌다. 가족이나 친구들은 당연히 좋은 그림이라고 칭찬해줬지만 조금 더 전문가의 객관적인 평가를 받고 싶다는 생각이 들었다.


## 국전에 출품하다


'국전에 나가보고 싶어. 거기서라면 내 그림에 대한 정확한 평가를 받을 수 있을 거야.'

물론 예술이란 매우 주관적인 것이다. 누군가의 눈에는 아름답지만 누군가의 눈에는 애들 장난 같아 보이기도 한다. 하지만 기본기, 기본적인 수준에 대한 객관적인 평가 기준은 분명히 있다. 정식으로 그림을 배우지 않은 나는 그에 대한 갈증이 있었다. 내 마음이 가는 대로, 내 느낌대로 그림을 그려왔고 그에 대한 자부심과 자신감도 있었지만, 이 그림이 전문가들에게는 어떻게 보일지 굉장히 궁금했다.

그래서 국전 준비를 시작했다. 대학 생활을 하는 데 의미 있는 시도라고 생각했을 뿐 결과에 연연하지는 않았다. 그렇게 준비한 끝에 1969년도 국전에 오랫동안 공들인 그림을 출품했다. 사실 출품하면서도 심사평을 들을 수 있는 리스트에만 들면 된다고 생각했다. 큰 상을 받고 싶다거나 화려하게 데뷔하고 싶다는 욕심보다는 내 그림에 대한 평가가 듣고 싶을 뿐이었으니까 말이다. 그런데 놀랍게도 결과는 입선이었다.

누군가에게는 고작 입선일지 모르지만 나에게는 대단한 일이었다. 전공자도 아니고 미술학원에도 다녀본 적도 없었기 때문이다. 그리고 국선 입선은 그 자체만으로도 매우 뛰어난 성과였다. 부모님은 국선 입선이라는 소식을 듣고 나보다도 더 기뻐하셨다. 그러면서 입선 선물을 하나 주셨다.

"경희야, 대학 졸업하면 미국으로 그림 유학을 가보면 어떨까? 아무래도 네 재능은 그림에 있는 것 같다. 미대 간다고 할 때 그렇게까지 말리지 말걸 하는 생각도 들어. 지금도 늦은 건 아니니 유학 가서 미술 공부를 더 해보면 어떨까 싶어."

어머니의 제안에 나는 가슴이 뛰기 시작했다. 대학 생활에 잘 적응해서 학과 공부도 열심히 하고 있었지만 미대를 갔으면 어땠을까 하는 아쉬움이 하나도 없었다면 거짓말일 것이다. '그때 그랬더라면'만큼 어리석은 후회도 없지만 나도 사람인지라 가끔 '그때 미대에 갔다면 지금쯤 나는 어떤 모습일까' 하는 생각을 해보지 않을 수 없었다. 나는 어머니를 꼭 안았다. 내 마음을 헤아려준 어머니가 너무나 고마웠다.

그때부터 나는 대학 졸업 후 미국 유학이라는 계획을 세워놓고 대학 생활을 했다. 전공 공부도 열심히 했다. 건축학과는 미술과 아주 동떨어진 전공은 아니어서 적성에 맞지 않아 힘들었던 적은 없다. 하지만 순수예술과는 당연히 달랐고 미래에 전공을 살려 어떤 직업을 가져야 할지 막연한 감이 없지 않았다. 그래도 대학 생활은 잘 마무리 짓고 싶었다.

## '메이퀸 선발대회'

그렇게 열심히 놀고 공부하며 4학년을 맞이했다. 대학 생활도 막바지. 졸업을 앞둔 대학생은 지금이나 그때나 미래에 대

내 자리에서 내가 할 수 있는 최선을 다했더니

모든 것이 내 편이 되어 나를 도와주었다.

한 고민에 빠지기 마련이다. 그때는 지금처럼 대학생들의 취업이 어렵지는 않았다. 경제 성장이 고도화되고 있던 때라 일자리는 많았다. 다만 4년 동안 배운 전공을 살려 어떤 직장을 선택하느냐가 중요한 문제였다. 하지만 나는 미국 유학을 마음속으로 굳힌 상태라 취업을 고민하지는 않았다. 하지만 그런 결심의 끝에는 정말 그림이 나의 미래일까 하는 근원적인 고민이 따라왔다. 내가 아무리 추진력이 있고 한번 마음먹은 일은 끝까지 해내는 성격이라 해도 어린 나이에 미래에 대한 불안감이 아예 없을 수는 없었다.

그런 고민과 생각을 품고 4학년을 보낼 때였다. 교내에서 공고문 하나를 보았다. '메이퀸 선발대회.'

지금은 그런 행사가 없어진 것으로 알지만 당시에는 메이퀸 행사가 대학의 최고 행사 중 하나였다. 말 그대로 학교의 여왕을 뽑는 행사였는데 대학에서 뽑힌 메이퀸은 전 학년의 관심의 대상이었을 뿐만 아니라 학교의 얼굴이 되어 교내나 교외 행사에 참석해 학교 대표로 활동해야 했다.

학교의 대표 얼굴이다 보니 미모보다는 학업 성적이나 리더십, 학생으로서의 품위와 지성 등이 더 중요했다. 매년 메이퀸 선발대회가 열린다는 건 알고 있었지만 한 번도 관심을 가진 적이 없었다. 그런데 이상하게 그때는 출전해보고 싶다는 생각이 강하게 들었다. 사람들의 시선에 익숙하긴 하지만 그걸 즐기지는 않았다. 그런 면에서는 부끄러움이 있고 나서는 게 어색하고 불편하기도 했다. 그런데 무슨 변덕이었는지 모르겠다.

"뭐? 네가 메이퀸 대회에 나간다고?"

"응, 한번 나가보려고. 한번 도전해보는 거지, 뭐."

"야, 너 안 창피해? 전교생 앞에서 발표도 하고 널 드러내야 돼."

"그것도 최종 선발에 뽑혀야 할 수 있는 거지. 중간에 떨어질 수도 있잖아."

나는 대수롭지 않게 생각했다. 응원해주는 친구도 있었지만 걱정하거나 놀라는 친구들도 있었다. 하지만 공표를 하고 나니 어쩐지 의욕이 솟아났다.

'창피할 게 뭐가 있어. 떨어지면 떨어지는 거고 붙으면 붙는 거지. 이게 미스코리아대회도 아니고 미모만 보는 대회도 아닌데, 뭘.'

이런 배짱도 생겼다. 메이퀸 대회는 과별로 한 명의 여학생이 출전한 뒤 그 여학생들 중에 단과대 대표를 선정하고, 그 대표 중 학생 전체 투표로 한 명의 메이퀸을 뽑는 방식이었다. 당시 한양대에는 영화학과가 있어서 대한민국의 미남미녀는 그 학과에 다 모여 있다는 농담이 있을 정도였다. 나는 그 친구들보다 예쁘지 않을지는 몰라도 다른 영역에서는 자신이 있었다. 오랫동안 서클 활동을 통해 사교성이 좋았고 리더십도 있었다.

그림도 꾸준히 그렸던 터라 예술적 감각과 센스도 있다고 자부했다.

내가 메이퀸 대회에 출전한다는 소식은 삽시간에 퍼졌다. 건축학과 선후배, 동기들은 나만 보면 정말이냐고 반문하며 놀라워했다. 당시에는 이 대회가 단과대의 자존심 싸움 같은 측면도 있어서 내가 출전을 결정하자 다들 똘똘 뭉쳐서 나를 응원해주었다.

"우리 공대에서도 메이퀸이 나올 때가 됐지."

"맞아. 언제까지 영화과 애들이 독차지하게 둘 순 없잖아."

이런 분위기가 형성된 것이다. 단과대 전체 투표가 있는 날, 공대생들이 전원 참여해 나에게 표를 몰아주었다. 공대에는 여학생이 거의 없었기 때문에 아마 그런 단결력이 생겼던 것 같다. 사실 나는 단과대의 명예를 위해서 출전을 결심한 것도 아니었고 단과대를 대표한다는 비장한 마음도 아니었는데 상황이 이렇게까지 커지자 웃음이 터지면서도 왠지 꼭 메이퀸 타이틀을 거머쥐어야 할 것만 같았다.

공대생들의 열정적인 응원과 단합 덕분에 1969년에 나는 메이퀸에 선발되었다. 우리 과는 거의 축제 분위기였다. 처음에는 대학생활의 마지막 추억거리를 만들자는 심정으로 가볍게 출전했는데 내 개인적인 추억이 단과대 학생들의 추억이 되니 나도 기분이 좋았다.

메이퀸에 선발되고 나서는 굉장히 바빴다. 외부 행사도 많았고 교내 행사가 있을 때도 꼭 참석해서 학생들을 대표해야 했다. 처음에는 쑥스럽고 부끄럽기도 했지만 12년 반장 경력으로 금방 적응했다.

그렇게 화려하면서도 행복했던 4년 대학 생활은 점점 졸업을 향해 달리고 있었다. 아쉬움을 안고 입학한 학교였지만 그런 처음 마음이 무색할 정도로 졸업할 즈음의 나는 당당하고 자신감 넘치는 사람이 되어 있었다. '어디에서'가 중요한 것이 아니라 '어떻게'가 중요하다는 걸 깨달았다.

내가 만약 마음에 드는 학교가 아니라며 불만스러운 태도로 학교 생활을 소홀히 했다면 나는 이런 좋은 경험을 할 수 없었을 것이다. 내 자리에서 내가 할 수 있는 최선을 다했더니 모든 것이 내 편이 되어 나를 도와주었다. 그 덕분에 역량을 키우고 잠재력을 발견할 수 있었다.

의기소침해서 입학했던 학교를 나는 자신감 넘치는 당당한 여성이 되어 졸업했다.

# 뜻밖의 사랑,
# 뜻밖의 인생

　어른들은 항상 그런 말씀을 한다. '인생은 마음먹은 대로 되지 않는다'고. 어렸을 때 나는 그 말을 이해할 수가 없었다. 그 때까지 내 인생은 내가 마음먹은 대로 따라왔으니까. 공부를 하면 한 만큼 성적이 나왔고 하다못해 윗몸일으키기를 50개 이상 하겠다 마음먹고 꾸준히 하면 곧 목표치에 도달했다. 친해지고 싶은 친구가 있으면 친해졌고 반의 단합이 필요한 일이 있다면 반장으로서 아이들에게 의견을 피력해 설득했다. 내가 좋은 마음을 먹고 내 의지대로 열심히 하면 내가 원하는 대로 성취했다. 그러니 '인생은 마음대로 되지 않는다'라는 어른들의

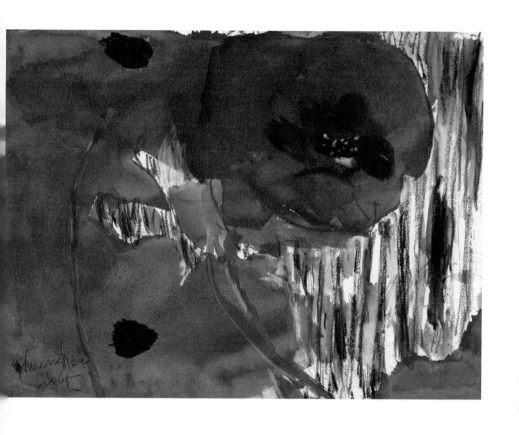

나는 대책 없이 사랑에 빠지는 스타일이다.
누군가와 사랑에 빠지면
그의 모든 것이 궁금하고
늘 보고 싶고 늘 같이 있고 싶었다.

말씀이 이해될 리 없었다.

하지만 인생은 정말 마음대로 되지 않는다. 늘 선택의 연속이고 내 의지와는 상관없이 어떤 일이 선택되어지기도 한다. 특히 '사랑'이 그렇다. 사랑은 인간의 의지가 가장 반영되지 않는 불가사의한 영역이다. 내가 사랑한다고 해서 그 사람과 사랑에 빠질 수도 없고, 그러면 안 된다는 걸 알면서도 사랑에 빠진다. '금지된 사랑', '금단의 사랑' 같은 말이 괜히 있는 게 아니다. 그뿐인가. 사랑에 빠지고 나면 내 마음은 내 마음이 아닌 것이 된다. 평소에는 거들떠보지 않던 음식도 먹게 되고 그 사람이 좋은 영화라고 하면 괜히 나도 좋아진다. 내가 꿈꾸던 인생과 다른 길로 간다 해도 감내할 수 있을 것 같다. "내가 아는 사람 맞아?" 이런 소리를 듣는 게 '사랑'이라는 불가사의한, 이해불가한 감정이다.


## 사랑에 푹 빠져버리다


특히 나는 대책 없이 사랑에 빠지는 스타일이다. 사람을 쉽게 좋아하지는 않지만 한 번 좋아하면 정신없이 빠져든다. 친구들이 '그 자존심 강하고 매사에 똑 부러지는 김경희는 어디 갔냐'고 놀릴 정도였다. 나도 그런 내가 의아하면서도 놀라웠다. 누군가와 사랑에 빠지면 그의 모든 것이 궁금하고 그의 모든 것이 필요했다. 늘 보고 싶고 늘 같이 있고 싶었다.

하지만 그렇게 온 마음을 쏟으면서도 그를 구속하고 그에게 지나치게 집착하지는 않았다. 지금 어디 있냐, 지금 무얼 하느냐, 나를 얼마만큼 사랑하느냐를 묻고 또 묻고 상대의 사랑을 확인받으려고 하지는 않았다. 그게 자존심이었을지, 아니면 그렇게 하지 않는 것이 상대에 대한 사랑이라고 생각해서였는지는 모르겠지만, 나는 그저 온 마음을 다해 내 사랑을 주는 것으로 족했다.

그만큼 마음 쏟는 사랑을 해서 그런지 이별 후유증은 길다. 어떤 친구는 헤어지고 나서 얼마 안 가 다른 남자친구를 금방 만나기도 했지만 나는 그게 안 된다. 허전함과 외로움으로 다른 사람을 만나볼까 싶은 마음도 생기지만 마음은 뜻대로 움직여주지 않는다. 사랑한 만큼 혼자 있어야 다음 사람을 만날 준비가 된다. 그러다 보니 이별을 겪고 나면 싱글로 있는 기간이 다른 친구들에 비해 긴 편이었다.


4학년 때는 국전이다 메이퀸 선발대회다 워낙 바쁘기도 했고, 취업이냐 유학이냐에 대한 고민 때문에 누구를 사귈 마음의 여유도 없었다. 미국 유학으로 마음을 굳히기는 했지만 준비해야 할 것이 너무 많았고, 성급하게 떠났다가 후회할 수도

있을 것 같아 우선은 취업을 한 뒤 천천히 유학 준비를 하려고
했다. 그래서 졸업하자마자 교수님이 추천해준 주택공사에 취
업했다. 공기업이어서 대우가 좋았고 전공을 살릴 수 있는 직
장이어서 매우 만족스러웠다. 하지만 그 직장에 오래 머물 생
각은 없었다. 나는 좀 더 넓은 세상에서 더 많은 사람들을 만나
며 더 큰 인생을 꾸리고 싶었다. 그렇게 직장에 다니며 유학을
차근차근 준비하고 있을 때였다.

"경희야, 내일 내 생일 파티에 올 거지? 너 없으면 안 돼. 열
일 제쳐놓고 와야 한다. 알았지?"

대학 4학년 때 친한 친구의 생일 파티 초대였다. 해마다 참
석했던 파티였으니 당연히 가야 했다. 늘 열리고 늘 만나던 친
구들과의 모임이었는데 그 파티에서 내 인생이 급선회할 줄 누
가 알았을까.

대학 졸업학년에 맞는 친구 생일이기도 하고 어엿한 사회인
이 된 모습을 친구들에게 보여주고 싶기도 해서 나는 한껏 멋
을 부리고 파티에 참석했다. 많은 사람들이 이미 파티를 즐기
고 있었다. 나도 오랜만에 만난 친구들과 함께 파티를 마음껏
즐겼다. 지인들도 많았지만 처음 보는 사람들도 많았던 터라
그들과도 인사를 나누며 스스럼없이 어울렸다. 그때 한 남자가
내게 다가왔다.

"안녕하세요, 유일윤입니다. 저 기억하시죠?"

키가 크고 얼굴이 서글서글한 내 또래 남자인 그는, 지난번 친구와 우연히 통성명을 할 자리가 있었다. 첫인상이 좋았던 데다 거부감이 없어서 나도 낯가림 없이 친근하게 인사를 했다.

"아 예, 안녕하세요? 잘 지내시죠?"

"예, 오랜 만에 뵙네요. 저는 지금 건국대학교 기획실에서 근무하고 있습니다."

"아 네, 그러시군요."

"저, 그런데…."

남자는 조금 머뭇거리다가 내 눈을 똑바로 바라보며 무슨 폭탄선언이라도 하는 것처럼 비장하게 말했다.

"연락처를 받을 수 있을까요? 지난번 만났을 때부터 경희 씨가 마음에 들었어요. 정식으로 만나보고 싶습니다."

갑작스러운 제안에 웃음이 먼저 터져 나왔다.

"뭐라고요?"

"진지하게 만나보고 싶습니다. 장난치는 거 아니고요."


# 내 사람, 내 사랑


그의 눈은 진지하게 빛나고 있었다. 맙소사. 지난번 스치듯 만났던 첫 번째 만남, 그리고 이번에 두 번째 얼굴 보는 사이인

주저하지 않고 돌진하듯 다가와 사귀고 싶다는 그의 저돌적인 말이 나는 싫지 않았다.

그는 내게 그렇게 사랑으로 한 걸음씩 다가오고 있었다.

데 나를 진지하게 만나보고 싶다니, 얼마나 무모하고 당돌한 고백인가. 하지만 나는 그 제안이 싫지 않았다. 처음 통성명 했을 때부터 왠지 거부감이 없었고 대화를 나누는 동안에도 끝없이 나를 웃겨주었기에 호감이 갔다.

그때나 지금이나 나의 이상형은 키가 크고 센스 있는 사람이다. 그는 처음부터 나의 이상형에 부합하는 사람이었다. 물론 외적으로 이상형이라 해서 무조건 사랑에 빠지지는 않는다. 대화를 나눠보니 말이 잘 안 통한다거나 독단적인 성향이 보인다거나 눈치 없는 곰 같은 사람이라면 외모가 아무리 훌륭해도 마음이 가지 않는다.

하지만 그는 무엇보다 대화가 너무 잘 통했다. 처음 만난 사이였지만 조금의 불편함과 어색함이 없을 정도였다. 그렇다고 덥석 "좋아요! 우리 오늘부터 당장 사귀어요!"라고 맞장구를 쳐주기는 싫었다.

"보기보다 저돌적이시네요. 저를 얼마나 아신다고."

"용감한 거죠. 저는 맞다 싶으면 주저하지 않고 돌진합니다."

그 거침없는 대답도 좋았다. 그래도 조금 신중하고 싶었다. 나는 그에게 애매한 반응만 남기고 자리를 떠났다. 호감은 갔지만 그렇다고 성급하게 결정을 내리기는 싫었다.

다음 날 친구에게 그에 대해 물어보았다. 친구는 펄쩍 뛰며 반색했다.

"어머, 경희야. 그분 정말 괜찮은 분이야. 우리보다 두 살 위인데 젠틀하고 유쾌해. 난 이 만남 찬성!"

친구가 호들갑을 떨며 적극적으로 나오는 통에 기분이 좋으면서도 어리둥절했지만 친구의 말을 들으니 어쩐지 더 마음이 갔다. 하지만 내가 '만나볼까'라는 마음을 먹기도 전에 그는 적극적으로 다가왔다. 정말 자신의 말대로 돌진하는 수준이었다. 회사에도 찾아오고 집 앞에도 찾아왔다.

나는 못 이기는 척 그런 그를 만나 저녁을 먹고 시간 가는 줄 모른 채 수많은 이야기를 나누었다. 사귀자, 진지하게 만나자는 말을 하지는 않았지만 우리는 이미 서로에 대해 깊은 호감을 느끼고 있었다. 일방적으로 그가 나를 만나러 오는 방식이었고, 나는 네가 왔으니 만나준다는 식으로 반응하는 척했지만 서로가 서로의 마음을 누구보다 잘 알고 있었다.


## 언제나 함께하고 싶은 당신과의 결혼


그는 만날수록 더 좋은 사람이었다. 자신이 건국대학교 이사장 유석창 박사의 장남이라는 말은 만난 지 얼마 되지 않아 고백했기 때문에 알고 있었는데, 그런 배경에도 매우 겸손하고 건실했다. 집안과 아버지에 대한 자부심과 존경심이 굉장히 컸고, 아버지의 뒤를 이어 교육 사업에 헌신하고 싶다는 의지가 매우 굳건했다. 민족사학이라고 자부하는 건국대학교를 우리나라 최고의 대학, 더 나아가 세계에서 손꼽히는 명문대학으로 만들고 싶다고 했다.

지금은 학교 기획실장으로 일을 배우고 있지만 처음부터 착실하게 배워 꼭 좋은 대학을 만드는 데 힘을 보태고 싶다고 말했다. 그런 자신감과 당당함이 무척이나 보기 좋았다. 그리고 그런 그의 계획을 들을 때마다 나의 미래도 그려보았다.

'저 사람은 저렇게 자기 미래를 확실하게 그리고 있는데 나는 지금 뭘 하고 있는 걸까? 유학을 가겠다는 내 계획은 지금 어디쯤 있는 거지?'

만날수록 그가 좋았지만 그렇다고 미국으로 유학 가서 본격적으로 미술 공부를 하고 싶다는 꿈을 버릴 수는 없었다. 그런 갈등 속에서도 우리는 하루하루 더 크게 사랑을 키워갔다. 입사한 지 1개월이 조금 지났을까? 어느 날 그는 진지하게 프로포즈를 했다.

"우리가 아직 어리긴 하지만 나는 당신에 대한 확신이 있어. 더 서로 기다리지 말고 우리 결혼하자."

그 말도 맞았다. 하지만 나는 일곱 살에 학교에 들어가 스물세 살에 대학을 졸업했고, 그는 나보다 두 살 많아 스물다섯 살로 우린 아직 어리다면 어릴 수 있었다. 또 한편으로는 이 이상 더 좋은 상대를 만날 수 있을까 하는 생각이 들만큼 서로에 대한 사랑과 믿음이 단단했다. 인연이라는 생각도 들었다.

하지만 지금 결혼을 해버리면 나의 꿈과 계획은 버려야 했다. 당시에는 결혼한 여성이 가정을 두고 자기 꿈을 좇는다는 것 자체가 있을 수 없는 일이었다. 결혼을 하면 가정이 최우선이 되어야 했고 특히 육아나 살림은 온전히 여성의 몫이었다. 그러니 결혼하는 순간 가정주부로 살아야 하는 것은 의심할 길 없는 명백한 사실이었다.

내가 주저하는 것 같자 그는 더 적극적으로 결혼을 추진하려 했다. 빨리 결혼해서 사랑하는 사람과 함께 안정적인 미래를 꿈꾸고 싶다면서 최대한 서두르자고 했다. 그때는 그런 저돌성이 퍽 믿음직스러웠다.

'그래, 그림은 결혼해서도 그릴 수 있잖아. 유학을 가면 좋겠지만 사랑하는 사람과 좋은 가정을 꾸리는 것도 훌륭한 일이야. 꼭 체계적으로 배운다고 해서 좋은 그림을 그릴 수 있는 것도 아니잖아.'

그에게는 직접적으로 "좋아, 결혼해요"라고 말하지 않았지만 내 마음은 이미 흔들리고 있었다. 그에 대한 믿음과 그의 사랑에 대한 진실함에 이미 마음속으로 결정을 내린 것이다.

그는 내 눈을 보며 내 마음을 읽은 것 같았다. 그러자 부모님께 인사를 가자, 우리 부모님을 만나 봐라, 집에 본인을 초대해달라면서 서두르기 시작했다. 나는 못 이기는 척 그가 하자는 대로 했다.

사랑 앞에서 더 중요한 것이 뭐가 있겠는가. 나는 사랑만 있으면 된다고 생각했다. 나를 이렇게나 사랑해주고 내가 이렇게 믿고 사랑하는, 나와 미래를 같이하고 싶다고 말하는 사람이 있는데, 그렇게 함께하고 싶은 사람이 있는데 내가 내 욕심을 채워서 무얼 하나, 인생에서 가장 중요한 것은 개인의 성취나 사회적 지위가 아니라 사랑하는 사람을 만나서 서로를 아끼며 평생을 함께 살아가는 일이 아닐까라는 생각이 컸다.

사실 그것은 쉬워 보이면서도 어려운 일이다. 마음과 마음이 온전히 만나는 것도 어렵지만 그 마음을 처음처럼 유지하는 것 또한 어려운 일이니까 말이다. 하지만 이 사람이라면 가능할 것 같았다.

인생은 그렇게 뜻밖의 일로 점철된다. 어쩌면 그래서 재미있는지도 모른다.

사랑 앞에서 더 중요한 것이 뭐가 있겠는가.
인생에서 가장 중요한 것은 사랑하는 사람을 만나서
서로를 아끼며 평생 함께 살아가는 일이 아닐까.

# 모두의 반대를 무릅쓰고
# 행복을 찾아

"뭐? 뭘 한다고?"

아버지는 눈을 크게 뜨며 목소리를 한껏 높였다. 옆에 있던 엄마도 눈 깜박이는 것조차 잊을 만큼 깜짝 놀랐다.

"너 지금 결혼이라고 했니?"

엄마가 하이톤의 목소리로 되물었다.

"응, 결혼. 왜 그렇게들 놀라세요. 결혼한다고 했지, 이혼한다고 한 것도 아닌데."

"네가 지금 몇 살인지 알아?"

"결혼할 수 있는 나이는 된 것 같은데요."

"너 대학 졸업한 지 2개월밖에 안 됐어."

"그게 무슨 상관이에요. 좋은 사람 만나면 대학 다니다가도 결혼할 수 있는 거지."

부모님은 서로의 얼굴을 멀뚱멀뚱하게 바라보셨다.

"청천벽력이네."

"날벼락도 유분수지."

"믿는 도끼에 발등 찍힌다더니. 대학도 얌전히 다니길래 결혼도 얌전히 할 줄 알았더니, 언제 연애까지 해서 결혼을 하겠다고 이 난리야."

부모님은 실망한 기색이 역력했다. 사실 부모님은 일곱 형제 중 나에 대한 기대가 남달랐다. 그 시대에도 '여자답게 놀아라' '여자애가 그게 뭐니' 이런 꾸지람 한 번 없이 내 성정 그대로 믿고 키워주셨다. 누구보다 당차고 친구들을 이끌고 다니는 모습을 보면서 커서 한자리 크게 하겠다며 기대했다고 한다.

물론 결혼을 안 시키겠다는 생각은 한 번도 해보지 않았지만 내 결혼 선언이 너무 빠르고 갑작스럽다고 생각한 것 같았다. 더구나 미국으로 그림을 공부하러 가겠다고 오래전부터 얘기해오던 터였으니 더 실망한 눈치였다.

"유학은 어쩌고?"

"다음에요. 결혼해서도 그림 그릴 수 있어요. 기회 되면 결혼해서도 유학 갈 수도 있고요."

"결혼한 여자가 혼자 유학 간다는 게 말이 되니?"

"좀 더 생각해봐. 창창한 미래가 있는데 왜 그렇게 서둘러서 결혼을 하겠다는 거야."

"아빠!"

"그만하자. 너도 차분히 생각해봐. 나중에 후회하지 말고."


## 부모님의 결혼 반대에 부딪히다


부모님의 뜻밖의 반대에 부딪히자 나는 무척 당황했다. 내가 결정한 일에는 언제나 두말 않고 응원해주던 부모님이 저렇게 강하게 반대하실 줄은 정말 몰랐기 때문이다. 내가 만나는 사람이 누구인지 단 한마디도 물어보지 않았다는 점도 너무 서운했다. 내가 아무하고나 결혼하겠다고 고집을 부리는 것도 아니고, 어떤 사람인지 물어라도 보고 반대해야 맞는 게 아닌가.

그런데 부모님은 마치 철부지 딸이 사랑에 빠져서 물불 안 가리고 고집을 부리는 것처럼 나를 대했다. 나를 항상 믿는다고 말씀하던 분들이 어쩌면 저럴 수 있을까 그런 서운한 감정만 들었다. 남자친구는 부모님께 말씀드렸냐고 만날 때마다 물어보았지만 부모님과 나의 어색한 감정은 쉽게 풀리지 않았다.

"왜 그러는 거야? 말씀드려 봤어? 뭐라고 그러셨는데 이렇게 입을 꽉 다물고 있어."

"그런 거 아냐. 아직 시기가 아닌 것 같아서 말씀 못 드리는 거야. 조금만 기다려줘."

그렇게 며칠이 속절없이 흘렀다. 그러던 어느 날 밤, 어머니가 내 방에 들어오셨다. 나는 뾰로통한 표정으로 어머니를 바라보았다.

"엄마한테 삐쳤어?"

나는 고개를 설레설레 흔들었다. 나라고 부모님의 마음을 왜 모르겠는가. 애지중지 키운 딸이 대학 졸업하자마자 결혼을 하겠다고 폭탄선언을 하는데 어떤 부모가 "얼씨구나, 경사 났네. 어서 빨리 가버려라" 하면서 기꺼이 보내주겠는가. 서운하고 섭섭한 마음이 얼마나 클지 그 깊이를 가늠할 수는 없었지만 그 마음만큼은 이해할 수 있었다.

"아버지가 너무 서운해 하셔. 아버지가 널 얼마나 예뻐했는지 알지? 곁에 좀 더 있다가 시집갈 줄 알았는데 이렇게 빨리 가겠다고 하니 우리도 너무 놀랐어. 특히 아버지가 더."

어머니의 말씀을 들으니 눈물이 왈칵 차올랐다. 아버지가 나에게 얼마나 큰 기대를 하셨고 나를 얼마나 크게 키우고 싶어 하셨는지도 너무나 잘 알았다. 하지만 나는 남자친구가 너무 좋았다. 내 미래보다 내가 사랑하는 그 사람이 더 소중했다. 내 마음을 몰라주는 부모님이 야속하기도 했다.

"생각해보니 우리 경희가 선택한 사람이라면 괜찮은 사람일 것 같다는 생각이 들어. 어떤 사람이니?"

나는 울컥거리는 마음을 억누르며 어머니에게 남자친구에 대해 말씀드렸다. 이름이며 나이, 하고 있는 일, 집안, 부모님에 관한 것까지 모두. 어머니는 조금 안심한 듯한 눈치였다. 이 정도면 괜찮지 않을까 안도하시는 느낌이었다.

"그래. 아버지랑 더 의논해보고 다시 얘기하자."

어머니의 축 처진 뒷모습을 보니 왠지 죄송한 마음이 들었다. 부모님께 딸 다 키운 보람 한 번 제대로 드리지도 못하고 내 인생 찾아가겠다고 거리낌 없이 털어놓는 내가 참 이기적이라는 생각도 들었다. 하지만 내 마음은 돌이킬 수가 없었다.


어머니와의 대화 이후 며칠 동안 우리 집은 아무 일 없었던 것처럼 잠잠했다. 폭풍전야도 아니고 그 고요함이 너무 답답해서 나는 마침내 어머니에게 물었다.

"엄마, 아버지랑 얘기해보셨어요?"

엄마는 깊은 한숨을 쉬고는 나를 바라보셨다.

"상대가 너무 어리지 않니? 이제 스물다섯이잖아."

"나이가 무슨 상관이에요. 예전 같으면 결혼하고 애도 낳았을 나이 아닌가?"

"그래도 남자가 사회생활도 좀 더 해보고 생각도 성숙해지고 난 다음에 결혼하는 게 좋지. 아직 부모 슬하에 있을 나이잖아."

나는 제자리걸음을 하고 있는 우리 대화가 답답하기만 했다. 우리도 우리가 어리다는 걸 알고 있다. 하지만 자신의 삶을 책임지지 못할 만큼 어리지는 않다. 그 정도 판단력과 책임감은 있는 나이라고 생각했고 그렇게 살 자신도 있었다. 하지만 어른들은 우리가 아직 어리다고 우려하셨다.

"그리고 경희야, 엄마가 얼마 전에 유명한 점집에 가서 네 사주를 봤거든."

우리 집은 오래전부터 불교를 믿는 집안이라 큰일을 앞두면 어머니가 종종 점을 보곤 했다.

"넌 결혼을 늦게 해야 한다고 하더라. 스물일곱 넘어서 해야 한대. 네 기운이 너무 강해서 그 전에 결혼하면 불행할 수도 있다고 하더라고. 외국에 가서 공부하는 게 너한테 훨씬 잘 맞는 일이래."

갑자기 화가 났다. 이제는 하다못해 점쟁이까지 들먹이며 결혼을 막으려 하다니 얼마나 말이 안 되는 소리인가.

"엄마, 진짜 왜 그래요! 내가 무슨 건달이랑 결혼을 하겠다는 것도 아니고 건실하고 착실한 사람인데 왜 말도 안 되는 이유를 들먹이면서 반대를 하는 거예요. 나도 다 생각이 있어서 말씀드리는 거예요. 왜 나를 못 믿고 자꾸 이상한 말씀을 하세요!

너는 어디서나 반짝반짝 빛나고
사람들의 이목을 끌고 사랑 받는 아이였다는,
아버지의 따뜻한 말에 눈물이 흘렀다.

나보다 점쟁이를 더 믿는다는 거예요, 지금?"

나는 울음을 터뜨리며 엄마에게 하소연했다. 정말 너무 화가 나고 서운해서 눈물이 멈추질 않았다. 나는 이미 법적인 성인이니 부모님의 허락 없이도 결혼할 수 있는 나이 아닌가. 성인이 되어 좋은 남자를 만나 결혼하겠다는데 이렇게 나오는 게 이해할 수 없었다.

그렇게 며칠이 또 흘렀다. 남자친구의 재촉은 더 심해졌다. 하지만 나는 입을 꾹 다물고 조금만 더 시간을 달라고 했다. 남자친구도 심상치 않은 내 분위기를 느꼈는지 그 뒤로는 더 이상 조급해하지 않았다.

## "네게 행복한 길이라면 결혼하렴"

결혼 얘기가 나오고 한 달이 조금 넘었을까. 아버지가 조용히 나를 부르셨다.

"경희야, 아버지는 너한테 기대가 컸어."

아버지의 가라앉은 음성을 들으니 갑자기 설움이 복받쳤다.

"언니 오빠들이 너보다 더 공부 잘하고 더 모범적으로 자랐지만, 아버지 기대는 너한테 있었다. 너는 다른 애들이랑은 달랐거든. 어디서나 반짝반짝 빛나고 사람들의 이목을 끌고 사랑

받는 아이였어. 그런 딸을 둔 부모에게는 자연스럽게 기대라는 게 생기지."

나는 아버지의 얼굴을 바라보았다. 며칠 새 갑자기 늙으신 것 같다는 생각이 들었다.

"그런 똘똘한 딸을 둔 부모는 그 아이가 세상을 다 갖길 바란단다. 뭐, 욕심이라면 욕심이랄 수도 있고 부모의 착각이라면 착각이랄 수도 있지만, 어쨌든 아버지는 너를 볼 때마다 그런 생각이 들었다. 네가 이 넓은 세상에서 맘껏 누리며 살았으면 하는…."

아버지는 깊은 한숨을 내쉬었다. 그리고 한참 동안 말없이 창밖만 바라보셨다. 그러고는 마침내 입을 떼셨다.

"부모 욕심 때문에 자식 행복을 망칠 수는 없지. 네 세상이 거기라면 그렇게 하거라. 네가 행복하다고 생각한 길을 가."

나는 말없이 눈물만 뚝뚝 흘렸다. 무뚝뚝하고 엄하셨던 아버지, 우리를 위해서라면 무엇이든 아끼지 않고 주셨던 아버지, 살가운 말 한마디가 어려워 늘 우리 뒷전에 서 계셨던 아버지. 아버지의 그 깊은 사랑이 가슴 깊이 다가오면서 뜨거운 감정이 나를 울렸다.

부모도 사람인데 어찌 자식에 대한 사랑만 품고 살아가겠는가. 자식에 대한 기대와 바람이 왜 없겠는가. 하지만 아버지는 한 번도 아버지가 나에게 투영한 아버지의 바람과 꿈을 직접적으로 이야기하신 적이 없었다. 그저 내가 하고 싶다는 것을 묵묵히 들어주고 따라주셨을 뿐이다.

그렇게 아버지 평생 아낌없는 사랑을 주셨는데 나는 딱 한 번 아버지가 아버지 생각만 한다고 서운해하고 섭섭해했다는 게 죄송스러울 뿐이었다.

부모의 마음을 천만 분의 일만 헤아려도 효자 효녀 소리 듣는다고 한다. 그만큼 부모가 자식에게 주는 사랑의 크기는 가늠조차 어렵다. 내가 자식을 낳아 키우고 나서야 그 마음을 헤아렸다.

나는 아버지를 꼭 끌어안았다. 예전에는 엄청나게 크고 건장한 아버지라 생각했는데 어느덧 나의 팔로도 안을 수 있는 아버지가 되어 있으셨다.

"잘살게요, 아버지. 정말 잘살게요…."

그 말밖에 할 수가 없었다. 눈물이 쏟아져 나와 더 이상 말을 이을 수가 없었다.

# MY DREAM, MY LOVE

3장

# 행복의 시작인가
# 절망의 시작인가

# 또 다른
# 삶 속으로

　큰 시련은 아니었지만 나는 가족들의 걱정과 우려를 뒤로하고 스물셋 어린 나이에 결혼식을 올렸다. 사회생활을 2개월 남짓한 뒤였다. 왜 유학을 포기했냐고 아쉬워하는 사람들도 있었고 좋은 집안에 장래가 촉망되는 남편이니 잘 결심한 거라고 응원해주는 사람도 있었다. 처음에는 남자친구의 어린 나이, 나에 대한 기대 때문에 결혼을 반대했던 부모님도 남자친구와 시댁 어른들을 만나보시곤 매우 흡족해하셨다.

　모든 사람들이 부러워하는 결혼이었다. 돈이 많거나 이름 있는 집안이어서가 아니라 대대로 내려온 시댁의 남다른 애국심과 훌륭한 인품 때문이었다. 남편과 연애를 할 때도 시부모님에 대한 이야기는 종종 듣곤 했다. 시아버지의 대쪽 같은 신념과 청렴한 성품, 손이 크고 정이 많은 시어머니에 대한 이런저런 이야기들은 그분들을 보지 않은 상태에서도 존경심이 들 정도였다.

하지만 시부모님은 원래 어렵고도 어려운 자리라 걱정이 많았다. 하지만 상견례가 있기 전에 몇 번 만남을 가진 뒤로는 마음을 놓았다. 여전히 어렵기는 했지만 그래도 무섭고 가까이 다가가기 힘든 분들은 아니었다.


## 독립운동가이자 의사인 유석창 박사의 맏며느리

남편은 장남이었기 때문에 나는 결혼하자마자 남편 본가로 들어가 시부모님과 함께 살아야 했다. 지금은 장남이라도 결혼하고 나면 따로 살림을 나지만 당시만 해도 그런 일은 꿈도 꾸지 못했다. 물론 분가해 사는 사람들도 있었지만 매우 드물었을 뿐 아니라, 대부분 얼마간 본가에서 살다가 분가하는 경우가 많았다. 사실 남편도 나에게 그렇게 약속했다. 몇 년만 살고 분가하자고. 하지만 말처럼 쉽지 않았다.

나 또한 마땅히 분가해야 한다는 생각도 하지 못했다. 시부모님을 모시는 일이 맏며느리로서 마땅한 의무이자 책임이라고 생각했다. 시부모님의 연세가 많으셨던 데다 남편이 시아버지의 이사장 자리를 대이어 경영해야 했기 때문이기도 했다. 대학은 시아버지의 모든 것이었다. 그러니 남편도 아무리 작은 일이라 할지라도 일일이 아버님과 의논해서 신중하게 결정했다. 그러려면 아버님 곁에 있어야 했다.

사람들은 내가 장차 대학교 이사장의 부인이 된다고, 명망 있는 유석창 박사의 맏며느리가 된다고 많이 부러워했다. 기품 있는 집안의 맏며느리니까 손에 물 한 방울 묻히지 않고 귀하게 대접받으며 떵떵거리며 살 것이라고 생각했던 모양이다. 솔직히 나도 그런 기대를 안 했던 건 아니다.

대학 설립자 집안의 맏며느리가 된다니 어깨가 으쓱했던 것도 사실이다. 곧 이사장 부인이 될 수 있다는 생각에 기대를 품었던 것도 사실이다. 돈만 많은 졸부 집안이 아니라 독립운동가이자 의사이자 교육에 몸 바친 분의 집안이니 그것 또한 자랑스러웠다.

그러나 어렸을 때부터 곱게 자랐던 터라 집안일에 대한 개념이 전혀 없기도 했고 그런 집안이니 내가 직접 살림을 해야 한다는 생각 또한 한 번도 해보지 않았다. 하지만 실상은 전혀 달랐다.

# 스물세 살, 어린 며느리의 고단함

시댁은 내가 살던 집과는 비교도 할 수 없을 만큼 낡고 오래된 집이었다. 시아버지가 워낙 검소한 분이라 이사장입네 하면서 겉치레에 돈을 쓰는 걸 너무나 싫어하셨기 때문이다. 당신이 입고 먹는 것에는 최대한 돈을 아끼셨다. 외투 하나로 겨울을 나셨을 정도니 무슨 말이 더 필요하겠는가. 그러니 사는 집에도 거의 투자를 하지 않으셨다.

연탄을 피워 난방을 하고 아궁이에 군불을 때서 밥을 지었다고 하면 아마 많은 사람들이 안 믿을 것이다. "대학교 이사장씩이나 되는 집안 며느리가 부뚜막에서 뭘 한다고?"라며 되물을 것이 뻔하다. 그뿐만이 아니다. 빨래는 온통 손빨래를 해야 했다.

또 오래된 한옥이다 보니 집 자체가 너무 추워서 봄가을 겨울 내내 추위에 떨었고 설거지와 빨랫감은 하루가 멀다 하고 수북이 쌓였다. 내가 이렇게 집안 일에 치여 살려고 결혼했나 하는 생각이 들 정도였다.

늦잠이나 낮잠을 자는 건 언감생심 꿈도 꾸지 못했다. 물론 그 시대에 시부모님을 모시고 사는 며느리라면 꿈도 꾸지 못할 일이었지만 시아버지와 남편은 유난히 부지런하여 아침밥을 지으려면 새벽 같이 일어나야 했다. 결혼은 했지만 갓 스무 살

넘은 젊은 새댁에겐 버거울 수밖에 없는 일이었다. 그렇다고 시어머니가 일부러 일을 시키고 혹독하게 일을 몰아주었던 건 아니다. 일부러 시집살이를 시키려고 해서가 아니라 원래 일이 많은 집안이었다.

손님이 얼마나 많이 찾아왔는지 모른다. 자신에게는 엄격하지만 남에게는 관대했던 시아버지는 남에게 베푸는 일에 인색하지 않았기에 누가 찾아오든 아낌없이 대접했다. 당연히 그 모든 손님맞이는 시어머니와 나의 차지였다. 조상님 제사는 물론이고 식구들 생일이나 집안에 좋은 일이 있을 때면 친척이든 지인이든 가회동 집에 모여들었다.

그러니 일이 오죽 많았겠는가. 돌아서면 일, 한숨 쉬고 나면 또 일, 눈 깜박하면 더 많은 일이 눈앞에 쌓여 있었다.

시어머니는 요리 솜씨가 굉장히 뛰어났고 손이 빨라 손님 대접도 힘든 내색 없이 뚝딱 해내셨다. 그런 어머님 옆에서 일을 배우자니 힘에 겨웠다. 공주 같은 어린 시절을 보낸 나는 당연하게도 일머리가 없었다. 주방에 들어가면 눈앞이 아득해졌다. 어린 나이이기도 했지만 공부하고 그림 그리면서 나한테만 집중하는 삶을 살아왔으니 다른 사람들을 살피고 챙기고 스스로 나서서 일을 해야 한다는 사실이 낯설고 당혹스러웠다. 그렇다고 그 생활이 싫었던 건 아니다. 시부모님 모두 인품이 훌륭하신 분이었고 며느리 기를 잡으려고 일부러 시집살이를 시

스물세 살의 어린 며느리.
아이를 키우는 일은 힘들지만 뿌듯했고
남편의 사랑은 여전히 따뜻했다.
그러나 나는 무언가를 계속 갈망했다.
마음속은 허하고 무거웠다.

키는 분은 더더욱 아니었다. 누가 강요해서가 아니라 맏며느리로서 집안일에 소홀할 수는 없는 일 아닌가.

부뚜막에 불을 때서 밥을 짓고 산더미처럼 쌓인 설거지를 하고 손으로 빨래를 하면서 집안일을 배웠다. 스물셋 어린 며느리가 살림꾼 시어머니에게 일을 배우다 보니 체력도 달리고 보통 힘든 게 아니었다.

"힘들지? 그래도 어쩌겠니. 자식 낳아 키우고 살림 잘하는 게 여자 인생이지. 나중에 다 덕으로 돌아올 거다."

시어머니는 이런 말로 나를 위로해주셨다. 당시만 해도 남존여비 사상이 남아 있었고 지금처럼 비혼이니 자아실현이니 하는 건 여자로서 꿈도 못 꾸던 시대였다. 특히 여자는 보수적이고 유교적인 사회 관습과 편견에서 옴짝달싹 못한 채 살았다. 물론 자신의 전공이나 재능을 살려 꿈을 실현하는 여자들도 있었지만 극히 일부였다. 그러니 시어머니도 자연스레 그런 위로의 말을 건넨 것이다.

하지만 나는 그 말이 위로가 되지 않았다. 결혼한 여자이니 내 역할이 있다고는 생각했지만 그것이 전부라고 생각하지는 않았다. 그렇다고 생각대로 날개를 마음껏 펼 수도 없었다. 결혼하자마자 태어난 딸아이와 집안 살림, 남편이 늘 마음에 걸렸다. 힘든 자리였지만 그만큼 보람이 있었던 것도 사실이다. 눈치도 빠르고 눈썰미가 좋은 편이라 일도 빨리 배워 결혼한

지 1년이 지나고 나서는 살림이 어느 정도 손에 익어 처음처럼 힘겹지는 않았다.

시부모님의 따뜻한 사랑도 내가 가회동 맏며느리의 삶을 사는 데 큰 원동력이었다. 품이 넓은 시어머니는 내 고충을 완벽하게는 아니더라도 이해해주셨고 과묵한 시아버지는 따뜻한 눈빛으로 애정을 보여주셨다. 시아버지는 '수고했다' '고생했다' '애쓴다'는 말을 직접 건네지는 않았지만 따뜻한 눈빛으로 나를 신뢰하고 아껴주셨다.

하지만 그런 애정과 행복 안에서도 나는 점점 지쳐갔다. 내가 스스로에게 짐 지운 무거운 책임감과 의무감 때문이었을 것이다. 내가 점점 사라지고 있다는 것도 마음 아팠다. 결혼하기 전에 나는 진취적이고 용기 있는 사람이었다. 사람들 앞에서 적극적으로 의견을 내고 사람들을 이끄는 리더형 인물이었다. 많은 사람에게 재능을 인정받고 박수 받으며 살다가 누군가의 그림자로 살려니 우울했다.

그건 결혼 생활의 만족과는 전혀 별개의 문제였다. 아이를 키우는 일은 힘들지만 뿌듯했고, 남편과 시부모님의 사랑도 따뜻했지만 나는 무언가를 계속 갈망했다. 마음속은 허하고 무거웠다.

# 시아버지의 장례부터
# 남편의 이사장 승계까지

　그러던 어느 날, 병환으로 고생하시던 시아버지가 돌아가셨다. 집안의 큰 기둥이었던 아버님의 죽음은 온 집안을 무너뜨렸다. 하지만 슬픔에 빠져 있을 수만은 없었다. 어찌되었든 산 사람은 살아야 했다. 아버지의 유훈 또한 지켜야 했다. 나는 슬픔에 빠진 어머님을 대신해 가회동 안주인이 되어 살림을 도맡았고, 아버님의 자리였던 이사장직은 장남인 남편이 물려받았다. 시아버지의 죽음으로 받은 충격에서 벗어나기도 전에 우리 두 사람이 어떻게든 아버님의 빈자리를 메꾸어야 했다. 남편은 밖에서, 나는 안에서.

남편은 학교 일에 매달렸다. 그렇게 모든 시간을 바쳐도 대학 운영은 쉽지 않았다. 해야 할 일, 만나야 할 사람이 너무 많았다. 남편이 이사장에 올랐을 때 나이가 고작 스물여섯. 아무리 몇 년간 이사직에 있으면서 대학의 전반적인 상황을 알고 있었다 해도 보는 것과 직접 운영하는 것은 천지 차이다.

더군다나 젊은 패기로 가득했던 남편은 아버님의 건립 이념을 지키면서 학교를 더 높이 비상시키고 싶어 했다. 그러다 보니 과감하고 새로운 일을 벌였고 그 모든 일을 챙기려다 보니 1분 단위로 시간을 쪼개 써야 할 정도였다.

남편은 학교가 발전하려면 졸업생들의 취업이 잘 되고 공무원으로 나라에 보탬이 되어야 한다고 생각했다. 그래서 법조인들을 양성하는 데 과감히 투자했다. 또한 재단의 재정 상태가 넉넉해야 학교도 발전한다고 믿어, 운영하던 벽돌 공장이나 사료 공장을 발전시켜야 한다고 생각했다. 공대, 사범대, 중고등학교에 서울국제학교(SIS)까지 건립했다. 그 많은 일을 하자니 학교 일에 매달릴 수밖에 없었다.

남편의 수고를 모르지 않았다. 하지만 남편이 학교 운영에 매달릴수록 나는 점점 공허해져갔다. 시아버지 장례부터 남편의 이사장 승계까지 정신없이 몰아친 몇 년간의 일로 탈진하기 일보직전이었다. 하지만 참아야 했다. 아직 어린 딸과 바쁜 남편을 내조해야 했고, 연로하신 어머님 대신 살림도 꾸려야 했다.

아무 근심과 걱정 없이 하루하루가 행복으로만 가득 찬 삶은 그 어디에도 없었다.

# 나를 다시 돌아보게 된 시간들

참고 참으며 지내던 어느 날, 이제는 더 이상 견딜 수 없을 것 같다는 생각이 들었다. 어떤 치유책, 어떤 해방구가 있어야 했다. 마음이 외롭고 허하니 미국에 계신 부모님과 언니 오빠들이 사무치도록 보고 싶었다. 눈을 들어 하늘만 봐도 눈물이 쏟아질 것 같은 절절한 그리움이었다. 나는 아주 작은 가방 하나 들고 무작정 공항으로 향했다. 그때는 딸아이와 시어머니, 남편도 생각나지 않았다. 그저 뻥 뚫린 마음이 너무 아파 어떻게든 이 상처를 치유해야 할 것 같았다.

그렇게 부모님이 계신 로스앤젤레스에 도착했다. 부모님은 혼자 몸으로 아무 연락 없이 찾아온 여섯째 딸을 걱정스러운 얼굴로 바라보셨지만 딱히 나무라거나 무슨 일인지 묻지 않으셨다. 아마 내 얼굴에 내려앉은 깊은 고단함을 보셨을 것이다. 그리고 도착한 그날 밤, 당연하게도 남편에게 전화가 왔다. 예상했던 대로 그는 너무 놀라고 화가 난 탓에 대뜸 언성부터 높였다. 당장 돌아오라고 화를 냈다가 달랬다가 어쩔 줄을 몰랐다.

"여보, 나한테 휴가 줬다고 생각해요. 그동안 나 정말 열심히 살았잖아요. 이대로 더 하다간 방전될 것 같아요. 조금만 있다 갈게요. 부모님이랑 언니 오빠들 만난 지도 너무 오래됐어요. 그 정도는 누릴 자격이 있잖아요, 나도."

남편은 나의 단호한 대꾸에 더 이상 아무 말도 못했다. 그렇게 나는 결혼한 지 4년 만에 긴 휴가를 받았다. 반 강제이긴 했지만 온전히 나를 돌아볼 수 있는 시간이라는 점에서 하늘을 날 것처럼 몸도 마음도 가뿐했다. 나는 언니 오빠들이 각각 살고 있는 디트로이트, 시카고를 두루두루 거치면서 여유로운 시간을 보냈다. 언니 오빠들은 오랜만에 만난 동생을 아낌없이 배려했다. 결혼 후 입어본 적 없는 아름다운 드레스를 선물하거나 미술관이나 공연장을 데리고 가기도 하고, 모두 함께 유명 관광지에 가서 광활한 풍경을 즐기기도 했다. 매일이 축제였다. 그렇게 아무 근심 걱정 없이 즐기며 사는 언니 오빠들의 삶이 부럽기도 했다. 나는 매일 밥하고 빨래하고 아이 키우느라 바쁜데 언니 오빠들은 그런 걱정 없이 삶을 누리는 것 같아 질투가 나기도 했다.

하지만 그런 삶에도 피로한 일상은 있었다. 그런 축제 같은 날 뒤에는 반복되는 지루한 일상이 있었고 나름의 고민과 고뇌가 있었다. 가회동을 떠나오니 사람들의 살아가는 모습이 제대로 보이기 시작했다. 물론 가회동의 삶은 감당하기 버거운 일상이었지만 나만 그렇게 사는 게 아니었다.

겉으로 보기에는 화려해도 그 화려함을 누리고 지키기 위해서는 그만큼의 노력을 감수하고 인내해야 했다. 아무 근심과 걱정 없이 하루하루가 행복으로만 가득 찬 삶은 미국에도 없었다. 가회동의 삶이 그러했던 것처럼.

떠나오니 떠나온 자리가 보였다. 귀여운 딸아이의 재롱도 보고 싶고 내 손때가 묻은 가회동의 살림살이도 그리웠다. 묵묵하게 내가 없는 빈자리를 지키고 계실 시어머니에게도 미안했고 무엇보다 아버님의 전부였던 학교를 일으켜보겠다고 고군분투하고 있는 남편이 보고 싶었다.

무작정 미국에 온 지 두어 달이 지났을 즈음, 남편에게 전화를 걸었다.

"여보, 두 달 동안 고마웠어요. 고생 많았어요. 가회동에서 봐요."

# 내 인생의 지지대이자
# 나침반

　누군가 나에게 인생의 멘토가 누구냐고 물으면 나는 조금의 망설임도 없이 '시아버지'라고 답한다. 누굴 가장 존경하느냐고 물어도 나는 '시아버지'라고 답한다. 시아버지는 그만큼 내 인생에 커다란 자취를 남기셨다. 내가 유씨 집안의 며느리임에도 불구하고 학교를 이어받아 운영하려고 마음먹은 이유도 아버님의 모든 것을 바쳐 만든 학교가 무너져 내리는 모습을 보고 싶지 않아서였다.

　나는 결혼하고 나서부터 시부모님과 함께 살았다. 물론 시아버지와 살아온 기간은 2년 남짓으로 짧다면 짧을 수도 있지만,

한집에 살면서 아버님이 어떻게 생활하고 대학에 얼마나 큰 애정을 쏟고, 어떤 마음으로 대학을 운영했는지 너무나 분명하게 보았다. 그 모든 말씀과 행동과 눈빛을 고스란히 듣고 보면서 살았다. 솔직히 말해 아버님처럼은 살 수 없을 것 같았다. 대학에 대한 헌신, 생활에서의 검소함을 내가 어찌 좇아갈 수 있겠는가.

## 나의 인생 멘토, 시아버지

아버님은 정말 검소하셨다. 실력 있는 의사로 많은 환자를 돌보셨기에 돈을 많이 버셨지만 그 돈을 자신이나 가족을 위해 쓰지 않으셨다. 거의 모든 돈을 학교에 바치셨다. 아버님이 교육에 그렇게 열정을 보인 이유는 교육을 통해야 나라가 부강해지고 강성해진다고 여겼기 때문이다.

아버님은 독립운동가 집안에서 태어나 독립운동가들의 활동을 직접 보고 독립운동까지 하신 분이었다. 그때 나이 열한살. 나에게는 시할아버지, 그러니까 시아버지의 아버지를 따라 만주로 망명해서 장백현, 간도성 등지에서 독립운동에 가담해 활동하다가 스물한 살에 귀국하셨다고 한다. 아버님은 자주 내게 독립운동 당시의 이야기를 들려주셨다. 나는 들으면서 이야기에 감동하며 아버님이 무척 자랑스러웠다.

시아버지에게 재단 운영은 헌신의 장이었다.

학교를 키워 인재를 양성하고

인재가 사회 발전에 주춧돌이 되기를 바라는 마음뿐이었다.

결혼하고 나서도, 그 뒤 이사장이 되고 나서도 아버님에 대한 책을 읽으며 다시 한 번 아버님의 살아온 생을 온 마음으로 존경하게 되었다. 아버님의 호였던 상허(常虛)도 '항상 조국의 건국을 생각하고 민족의 번영을 위해 마음을 비운다(常念建國虛心爲族)'는 정신을 담고 있다니, 아버님의 크고 곧은 생각은 가늠하기도 어렵다. 자신의 부귀보다 나라의 부귀에 당신의 모든 걸 바치셨다고 해도 틀린 말이 아닐 것이다. 나라를 되찾은 뒤 아버님은 교육만이 나라를 살리는 길이라 생각하셨고 의술 활동을 통해 백성을 구한다는 의료제민(醫療濟民)의 기치 아래 1931년 5월 12일 민중병원을 개원하셨다. 그리고 나라를 일으켜 세우겠다는 단심(丹心)으로 1946년 5월 15일 건국학원을 창립하셨다. 아버님이 이사장에 취임하신 건 1949년. 그때부터 이사장으로서, 총장으로서 학교 발전에 큰 공을 세우셨다.

## 단 한 가지 생각

내가 기억하는 아버님은 오직 하나만 생각하는 분이었다. 건국대학교. 정말 어떻게 사람이 저토록 한 가지에만 열과 성을 쏟을 수 있을까 놀라울 정도였다. 그러다 보니 버는 돈 전부를 학교 발전을 위해 쓰셨다. 털끝만큼의 사심도 없는 분이었다.

교육 재단을 운영하면서 얻는 수익을 자식들에게 한 푼도 물려주지 않으셨다. 아버님에게 재단 운영은 부의 축적 수단이 아니라 헌신의 장이었다. 학교를 키워 인재를 양성하고 그 인재가 사회 발전에 주춧돌이 되기를 바라는 마음뿐이었다.

그런 소신이 말처럼 쉽지는 않다. 단순한 봉사활동도 선뜻 나서기 힘든데 많은 돈과 사람이 오가는 재단을 운영하면서 순수함과 검소함을 지킨다는 게 어찌 쉬운 일이겠는가. 하지만 아버님은 그 마음을 한 번의 흔들림 없이 돌아가실 때까지 지키셨다.

70만 평의 땅을 사서 학교를 짓고 배움으로 자라는 학생들을 보면서 얼마나 흡족해하셨는지 모른다. 그러니 가족들의 고생은 이만저만이 아니었다.


## 으리으리한 대학 이사장 집을 생각했는데…


지금까지 살고 있는 가회동도 결혼할 당시에 놀랄 만큼 형편없었다. 결혼 전에는 시댁 사정을 잘 모른 채 그저 대학 설립자이자 의사 집안이라고 해서 으리으리한 집을 상상했다.

인사드리러 처음 시댁에 왔을 때의 일이 아직도 생생하다. 남편이 집 앞이라고 해서 내린 곳에 아주 큰 집이 보였다. 나는 당연히 그 집이 시댁인 줄 알고 초인종을 누르려는 찰나, 남편은 깜짝 놀라며 미안한 듯 어쩔 줄 모르며 말했다.

"그 집 아니야."

"여기가 아니라고? 이 근처엔 이 집밖에 없는데."

남편이 주춤거리며 가리킨 곳에는 낡고 오래된 집이 하나 있었다. 솔직히 말하면 나는 그 집을 보고 무척 실망했다. 잠깐이 결혼을 해야 하나 싶은 생각도 스쳤다. 그런 집에서 도저히 살 수 없을 것 같았다는 게 그 당시 솔직한 내 심정이었다.

너무 충격을 받아서 정신승리가 필요했던 걸까? 나는 애써 나를 다독이며 다른 곳에 집이 한 채 더 있을 거라는 생각까지 했다. 물론 그런 집은 없었다. 손에 물 한 방울 안 묻히고 풍족하게 살았던 나에게 그런 가난은 감당하기가 버거웠다. 친구들 보기에도 창피스럽고 누구한테 얘기하기도 어려웠다.


시아버지를 옆에서 지켜보면서 물질적인 풍요가 정신적인 풍요와 행복을 담보하는 건 아니라는 사실을 알게 되었다. 아버님은 돈 없이도 행복해할 줄 아는 분이었다. 대의를 위해 사시는 분이었기 때문이다. 건국대학교 이사장이라는 아버님의 사회적 위치로는 어느 누구도 우리가 그토록 가난하게 살았다는 걸 상상조차 못했을 것이다. 부엌의 나무 찬장은 무너져 내리기 일보 직전이었고 시멘트 바닥이라 엉덩이가 시릴 정도였다. 방문은 덜컹거려 문을 여닫을 때마다 삐걱거렸고, 그러다 보니 그 문틈 사이로 찬바람이 들락거렸다. 이런 사정을 어디 가서 이야기하겠는가. 설령 이야기한들 아마 사람들은 나에게 과장이 심하다고, 농담도 잘한다고 얘기했을 것이다.

사치품이나 최신 가전제품 같은 건 꿈도 못 꾸었다. 얼마나 검소하셨는지 집에 카메라 하나가 없었다. 물론 당시에는 카메라가 굉장한 사치품이었고, 카메라를 가진 집도 많지 않았지만, 나는 당연히 카메라 정도는 가지고 있겠거니 생각했다. 하지만 거짓말처럼 아무것도 없었다. 그러다 보니 자라는 딸아이들의 다시 못 올 순간순간을 남겨주고 싶어도 방법이 없었다. 그런데 마침 좋은 기회가 왔다. 어느 해 내 생일날 아버님이 갖고 싶은 게 있냐고 물어보신 것이다. 나는 대뜸 카메라라고 말씀드렸다.


"생일선물로 카메라 사주세요. 아버님"


"아이 사진이나 가족들 사진도 찍고 싶고, 정원에 핀 꽃도 찍고 싶어요. 다 추억으로 남을 텐데요."

나는 당돌하게도 '아사히 펜탁스'가 갖고 싶다고 제품명까지 구체적으로 말씀드렸다. 사실 안 사주셔도 그만이라고 생각했다. 어차피 안 사주실 텐데 갖고 싶은 것 말이나 해보자는 심정으로 그렇게 말씀드린 것이다.

아버님은 내 대답에 별다른 말씀이 없으셨다. 남편은 놀란 눈으로 나를 쳐다보았고 시어머니는 황당해서 입을 다물 줄 모르셨다. 이 집안에서 아버님께 그렇게 비싼 물건을 사달라는 요구를 직접적으로 할 수 있는 사람은 아무도 없었다.

나는 성격이 솔직해서 바람이나 희망을 혼자만 꽁하게 간직하지 못한다. 더구나 무슨 선물이 갖고 싶으냐고 먼저 물어보시는데 그런 건 필요 없다고 마음에도 없는 소리를 해야 할 이유가 없지 않은가. 누가 보면 당돌하다 할지 모르겠지만 아버님은 그런 내 성격을 좋아하셨다. 첫 상견례 자리에서도 아버님은 내게 이렇게 말씀하셨다.

"사회생활하다 보면 대화할 때 상대방 눈을 보지 못하는 사람이 많지. 그게 참 안 좋은 습관이다. 너는 그런 거리낌 없이 우리 눈을 마주보고 이야기하더구나. 그 모습이 나는 참 좋았다."

부모님과 언니 오빠들의 사랑을 많이 받고 자라서일까? 나는 사람을 대할 때 특별히 어려워하거나 주눅 들지 않았다. 항상 자신감이 넘쳤고 차분했다. 아버님 말씀을 듣기 전까지는 내가 사람들 눈을 잘 맞추며 이야기하는지 의식하지도 못했다. 아버님은 나의 그런 당당하고 자신감 넘치는 모습이 퍽 인상적이셨던 것 같다.

아버님이 나의 본성을 아껴주시고 칭찬해주셨기 때문에 나는 아버님과 특별히 많은 대화를 나누진 않았어도 아버님이 대단히 어렵다거나 불편하진 않았다. 아마 아버님과 나 사이에 쌓인 그런 신뢰 때문에 내가 그런 요구를 불쑥 꺼내놓았는지도 모른다.

그런데 이게 무슨 일일까. 그날 저녁, 아버님은 정말 카메라를 선물로 주셨다. 내가 말씀드린 그 카메라였다. 나는 너무 놀라 멍한 표정으로 아버님을 바라보았다. 카메라가 갖고 싶다고 말씀드리긴 했지만 이렇게 빨리, 정말 사주실 줄은 몰랐기 때문이다. 아버님은 선물을 건네시곤 가타부타 아무 말씀 없이 방으로 들어가셨다. 어쩐지 눈물이 날 것 같았다. 비싼 카메라를 선물 받아서가 아니라 아버님의 따뜻한 배려에 감동했기 때문이었다.

"며느리 사랑은 시아버지라더니 며느리한테만큼은 아낌없이 주시는구나. 이 카메라는 우리집에 있는 물건 중 제일 비싼가보야."

시아버지의 사랑은 언제나 그렇게 뭉근하면서도 천천히 전달되어 왔다.

시아버지는 내게 인생 멘토이자
힘들 때 가야 할 방향을 안내해주는 나침반과 같다.
그분의 대학 설립 이념은 한순간도 잊은 적이 없다.

# 시아버지가 건네준 '건국우유' 한 병

아버님이 나에게만 건네주시던 '건국우유' 한 병도 그런 사랑을 담고 있었다. 당시에는 우유를 병에 담아 팔았는데 아버님은 그 우유를 항상 내게만 주셨다.

새벽같이 나가서서 따뜻한 우유 한 병을 식을까봐 종이에 돌돌 말아 싸서 갖고 오시는데, 양복 주머니 안쪽에서 꺼내 건네주시는 그 따뜻한 우유는 지금 생각해도 그립고 눈물 날 정도로 고마웠다.

그래서 그 우유는 다른 사람 안 주고 꼭 내가 말끔히 먹었다. 다른 우유보다도 더 달큰하고 고소했던 우유 한 병. 여전히 그 뽀얀 사랑이 내 가슴에 남아 있다. "아버님, 감사합니다."

아버님에 대한 사랑과 존경은 내가 가회동 맏며느리로 살 때도, 이사장으로 살 때도 늘 마음에 품은 군불 같은 것이었다. 특히 이사장으로 근무할 때 아버님은 나의 나침반이자 정신적 지주였다.

아버님이 왜 학교를 설립하셨는지, 어떤 각오로 학교를 키우셨는지, 어떤 학교가 되기를 바라셨는지 늘 생각했다. 나중에 하늘나라에 가서 아버님을 뵈었을 때 부끄럽지 않길 바랐기 때문에 한순간도 아버님의 대학 설립 이념을 잊지 않았다.

그러니 아버님은 언제나 나의 멘토이자 나침반일 수밖에 없

다. 학교 운영자로서뿐만 아니라 인생을 사는 데 있어서도 그
렇다. 지금도 힘든 일에 놓일 때마다 아버님이라면 어떻게 하
셨을까 생각해본다.

# 내 심장과 바꿀 수 있는
# 단 하나의 존재

사실 신혼 생활이 매순간, 매시간 행복했다고 말할 수는 없을 것 같다. 어리고 철없던 나는 다른 사람에게 내 삶이 어떻게 보여지는가에 꽤 신경을 썼고, 그런 나의 헛된 허영심을 충족시키기엔 나의 생활이 너무 힘들고 보잘것없었다. 그러다 보니 자주 우울했고 내가 포기했던 미래에 대한 아쉬움도 점점 커졌다. 하지만 나는 곧 내가 선택한 삶에 익숙해졌다.

결혼하자마자 태어난 첫째 아이와 2년 뒤에 태어난 둘째 아이까지 아이들이 주는 행복감과 남편이 주는 굳은 사랑과 신뢰 덕분이었다. 어렸을 때 내가 상상했던 삶과는 다른 세상에서 있었지만 그 세상이 주는 안정감과 기쁨이 분명 있었다. 그런 만족감을 느끼기까지 나는 여러 생각의 실타래를 풀어야 했고 폭풍 같은 갈등과 방황을 견디는 지난한 시간을 지나야 했지만, 결국에는 내가 서 있는 세상 안에서 또 다른 행복을 찾아가면 된다는 사실을 깨달았다.


## 딸바보 남편


남편은 학교 일로 항상 바빴지만 우리에게 최선을 다했다. 어린 나이에 아빠가 되어 아이들이 귀찮고 가장이라는 무게가 버겁기도 했을 텐데 남편의 딸들 사랑은 대단했다. 요즘 말로 '딸바보'라는 말이 남편에게 딱 어울렸다. 젊은 아빠여서였을까? 남편은 아이들과 어떻게 놀아줘야 하는지 아주 잘 알았다. 아이들이 지칠 정도로 신나게 어울려 뛰어놀고 아이들이 좋아하는 장난감이며 인형도 아낌없이 사주었다.

남편의 표정과 눈에서 아이들에 대한 사랑이 얼마나 충만한지 보일 정도였다. 그러니 아이들은 얼마나 안온하고 안정된 느낌을 받았겠는가. 아이들은 상대의 감정을 귀신처럼 잘 읽는다. 생존에 대한 본능을 깨우친 지 얼마 되지 않아서일까? 아이들은 눈치도 빠르고 자신이 사랑받고 있는지 아닌지도 본능적으로 느낀다. 그러니 남편이 주는 무조건적이고 넘치는 사랑 안에서 무척 평온하고 행복했을 것이다.

남편은 시간 날 때마다 우리와 여행을 떠났다. 일에 지친 심신을 바다와 산에서 아이들과 뛰어놀며 풀었던 것 같다. 남편은 일도 열심히 했지만 노는 것도, 사람들과 어울리는 것도 좋아했다. 그러다 보니 자연스레 술도 좋아했다. 좋아하는 사람들과 모여 술을 마시며 소소한 일상의 이야기를 나누는 것을 즐겼다. 나는 술을 너무 마신다며 늘 잔소리를 했지만 남편은 그런 낙조차 없으면 무슨 재미로 사냐며 억울해했다. 가끔 과하게 술을 마실 때도 있었지만 주정을 하거나 뜻밖의 모습을 보여주는 일 없이 자신이 잘 조절하며 마시고 놀았기에 나도 나중에는 그의 소소한 기쁨을 더 이상 제지하지는 않았다. 고단함을 풀 탈출구 하나쯤은 있어야 하지 않을까 하는 생각도 있었다.

## 믿음과 신뢰

여느 부부들처럼 우리도 소소한 다툼이나 의견 차이가 많았다. 당연한 일이다. 20년 넘게 다른 환경에서 다른 가치관을 가진 부모님 밑에서 다른 방식으로 자랐는데 어떻게 모든 것이 잘 맞고 마음에 들 수 있겠는가. 나는 그의 지나친 대범함과 무

만약 누군가 너의 심장을 줄 수 있는 단 하나의 존재를 말하라고 한다면
나는 지체 없이 두 딸의 이름을 댈 것이다.
나는 그렇게 조금씩 어른으로 성장하고 있었다.

심함이 서운하거나 이해되지 않았고, 남편은 나의 지나치게 감성적이고 많은 생각의 타래들을 이해하지 못했다. 세상을 왜 그렇게 복잡하게 사느냐고, 왜 그렇게 서운한 게 많으냐고 되물었다. 나는 어쩜 그렇게 눈치가 없냐고, 어떻게 남편이라는 사람이 부인의 감정을 그렇게 모를 수가 있느냐고 항의했다.

신혼 초에는 특히 많이 싸웠다. 이렇게 맞지 않고 힘든데 어떻게 수십 년을 함께 살 수 있을까 싶었다. 인생을 사는 데 사랑이 무엇보다 중요했던 나는 예전의 사랑이 빛을 바래는 것 같을 때마다 서운함을 토로했고, 남편은 어떻게 그렇게 매번 사랑을 확인시켜주느냐고 항변했다. 사랑의 감정이 식은 게 아니라면서 말이다.

그런 작은 다툼과 큰 싸움과 서운함과 납득할 수 없음의 시간을 보내고, 결혼한 지 3년 정도가 되어가면서 우리는 서로 마음의 안정을 찾았다. 시아버님이 돌아가시면서 집안에 큰 어려움이 닥치고, 이 어려움을 우리끼리 똘똘 뭉쳐 잘 헤쳐 나가야 한다는 생각에 동지애 같은 감정이 생겼다. 젊은 시절의 사랑은 아닐지 몰라도 우리 사이에는 어떤 난관에도 흔들리지 않을 사랑과 신뢰가 쌓였다.

아이들도 우리 사이에 큰 윤활유 역할을 했다. 남편이 아이들을 너무나 사랑했고 아이들도 아빠를 너무나 사랑했기에 나는 그 부녀 관계를 보는 것만으로도 행복했다.

감정과 환경의 변화를 내 스스로 인정하고 나니 나에 대한 남편의 사랑도 더 이상 확인하지 않게 되었다. 변화된 감정 자체도 아름다운 것이다. 뜨거운 사랑과 열정이 아닐지는 모르지만 나를 바라보는 남편의 눈빛에서 사랑 이상의 감정을 느꼈고, 그거면 충분하다고 받아들였다.

## 뜨겁지만 강한 모성애

딸들에 대한 모성애도 내가 가정을 더 잘 지켜야겠다고 생각한 가장 큰 이유 중 하나였다. 어린 나이에 엄마가 되었지만 나는 아이들이 정말 사랑스러웠다. 물론 육체적으로 힘들고 버거운 점은 많았다. 밤낮이 바뀐 아이들을 재우고 먹이고 입히는 일은 생각보다 에너지 소모가 엄청난 일이었다.

시어머니가 도와주기는 하셨지만 남편의 도움 없이 나는 온전히 육아를 담당했다. 그때는 천기저귀를 썼기 때문에 아이들이 내놓는 똥기저귀를 일일이 손으로 빨고 삶고 햇빛에 바짝 말려 입혔다. 두 살 터울밖에 나지 않는 아이들이라서 아이들이 내놓는 똥기저귀만 해도 팔이 아프게 빨아야 할 정도였다.

또 지금처럼 분유나 이유식이 있긴 했지만, 젖을 물리고 손수 만든 이유식을 먹일 때쯤이면 책을 보고 영양의 균형을 생각해서 정성스레 이유식을 만들었다. 그 와중에 집안 살림도 해야 했다.

잠이 모자라고 몸은 피곤했지만 그래도 아이들이 한 번 웃어주면 그것으로 고단함이 모두 풀렸다. 아이들 입에서 '맘마' '엄마' 소리가 나오면 그것만한 피로회복제이자 영양제가 없었다. 아이들이 첫발을 떼고 말을 배우고 천사처럼 웃어줄 때마다 이런 행복을 맛보려고 그렇게 힘들게 아이를 낳아 키우나 보다 싶었다.

나는 비록 사랑하는 남자 때문에 미래를 포기했지만 내 딸들 만큼은 보란 듯이 당당하게 멋진 여성으로 키우고 싶었다. 아이들이 살아갈 세상은 지금보다는 여자들에게 더 열린 세상일 것이라고 믿었다. 능력만 있다면 여자라도 무슨 일이든 할 수 있는 세상이 반드시 올 것이라고 생각했다. 똑똑하고 자신감 넘치는 여성으로 키워 자신의 능력을 마음껏 발휘하면서 세상 사람들의 존경과 박수를 받으며 살아가는 여성이 된다면 나는 이런 고생쯤은 아무것도 아니라고 생각했다.


'부모님도 나를 보며 이런 꿈을 꾸셨겠지.'

결혼하겠다고 부모님께 갑작스레 통보했을 때 부모님의 반응이 나는 무척 서운했었다. 하지만 아이들을 키우면서 이해가 됐다. 아까운 심정, 아쉬운 마음. 아마 그 어디쯤 아니었을까 싶다.

'내가 하지 못한 걸 네가 대신 이루어다오'라는 욕심보다는 '세상의 좋은 것을 맘껏 누리며 살아다오. 너는 그럴 가치가 있으니까.' 이런 마음이 아니었을까 싶다.

만약 누군가 너의 심장을 줄 수 있는 단 하나의 존재를 말하라고 한다면 나는 지체 없이 나의 두 딸의 이름을 댈 것이다. 한 번도 누구를 위해 희생해본 적 없는 삶, 누군가를 위해 살아본 적이 없는 삶을 살았던 나에게는 놀라운 변화였다. 그리고 그 변화가 내가 보기에도 썩 괜찮았다. 나는 그렇게 조금씩 어른으로 성장하고 있었다.

# 왜 인생은 이토록
# 나에게 잔혹한가

인생은 만만치 않다. 호락호락하지도 않다. 내가 세상을 다 가졌다고 생각하는 순간, 내가 얼마나 오만하고 겁이 없었는지 세상은 가르쳐준다. 세상의 모든 우울을 끌어안고 더 이상 살 이유가 없다고 생각하는 순간에도 인생은 우리 삶에 개입한다. 그 깊은 좌절 속에서 다시 일어날 수 있는 기회와 탈출구를 열어주는 것이다. 마음먹은 대로 되는 것이 인생이라면 사는 것은 얼마나 쉬울까.

하지만 누구의 인생도 그렇지 않다. 행복 속에 고통이 있고, 좌절 속에 희망이 있다. 내가 가정생활에 만족하며 여유를 찾아갈 때쯤 인생은 내게 고통을 주었다. 극복할 수 없을 것 같은 깊은 절망이었다.


## 깊은 절망 속으로


남편의 죽음. 서른둘, 이른 죽음이었다. 가족끼리 오붓하게 떠난 속리산 여행에서 불의의 사고로 찾아온 뜻밖의 죽음이었다. 손을 쓸 수도 없는 갑작스러운 죽음 앞에 나는 무너져 내렸다. 이 불행한 사고가 나 때문이라고 자책하다가, 아무것도 모르는 어린 딸아이들의 모습에 억장이 무너졌다. 왜 인생은 나에게 이토록 잔혹한가. 처음부터 나에게 고통과 좌절과 어려움을 가르쳤다면 이렇게 절망의 나락으로 떨어지지 않았을지도 모른다. 물론 내 인생에도 작은 아픔과 슬픔이 있었지만 이토록 감당할 수 없는, 이겨낼 수 없는 아픔은 아니었다. 도대체 무슨 이유로, 무엇 때문에 나에게 이런 시련을 주는 걸까.

남편의 주검을 들고 돌아와 시어머니를 마주 선 날, 어머니와 나는 서로를 안고 하염없이 울었다. 어머니는 세상에서 가장 사랑했던 큰아들을, 나는 세상에서 가장 사랑했던 남편을 잃었다. 그 슬픔의 무게는 비슷했을까? 이 갑작스러운 고통을 나눌 수 있는 사람은 어머니뿐이었다. 우리 둘은 아무 말도 하

도대체 무슨 이유로,

무엇 때문에 나에게 이런 시련을 주는 것일까.

지 못했다. 우리에게 허락된 건 눈물뿐이었다. 어머니, 어머니를 부르며 내 안에 있는 모든 눈물을 흘리고 난 뒤, 나는 어쨌든 남편을 떠나 보내야 했다. 남편의 마지막을 방치할 수는 없었다.

정신을 부여잡고 손님을 받아 장례를 치르고, 무수한 위로와 위안의 말을 들었다. 마음에 와 닿지 않는 말들이었다. 이 심정을 헤아릴 수 있는 사람은 아무도 없었다. 그들이 건네는 모든 말이 비수가 되고 아픔이 되어 날아들었지만 그 또한 견뎌야 했다. 남편을 잘 떠나보내고 나면 그때 내 안의 모든 이야기를 쏟아 내리라.

그렇게 정신없이 남편을 보냈다. 그리고 어머니와 두 딸 그리고 나만 남았다. 그 많았던 사람과 그 많았던 위로의 말이 모두 사라지고 가회동 집에는 아들을 잃은 여자와 남편을 잃은 여자 그리고 아빠를 잃은 어린 여자아이 둘만 남았다. 어머니는 도무지 그 슬픔에서 헤어나오질 못하셨다. 나도 마찬가지였지만 나에게는 아이들이 있었다.

일곱 살 첫째 아이는 정확히는 몰라도 아빠를 이제 다시는 볼 수 없다는 건 아는 것 같았다. 장례식 내내 첫째 아이는 입을 꾹 닫고 아무 말도 하지 않았고 눈에 띄게 우울해보였다. 하지만 다섯 살 난 둘째 아이는 아무것도 몰랐다. 그저 안 좋은

일이 일어났고, 자기가 평상시처럼 웃고 떠들 수 없는 상황이
라는 것만 아는 듯했다. 둘째 아이는 혼란스러워했고, 난생 처
음 겪는 집안 분위기와 어른들 표정 때문에 잔뜩 겁을 먹었다.
툭 건드리면 바로 울음을 터뜨릴 것 같은 상태였다. 나는 두 아
이의 얼굴을 가만히 바라보았다.


## 울다, 하루 종일


'이제 나는, 이 아이들은 어떻게 살아야 할까….'

내 안에 울려 퍼진 말은 이 말뿐이었다. 그랬다. 나는 이제
어떡해야 할까. 그리고 이 아이들은 어떡해야 할까. 남편 없이,
아빠 없이 이 아이들을 키울 수 있을까? 남자라고는 없는 이 집
안에서 어떻게 살아가야 할까? 나는 이 집안에서 물러나야 할
까? 아이들도 함께 가야 할까? 무수한 질문이 쏟아졌다.

그런 의문과 고민과 절망 속에서 며칠을 지새웠다. 한숨도
자지 못하는 날이었다가 하루 종일 잠만 자는 날이었다가, 하
루 종일 울기만 했다가 어떤 날은 정신없이 집안일을 하는 날
들이었다. 가족이든 친구든 아무도 만나고 싶지 않았고, 세상
사람들 전부가 나를 보고 있는 것 같은 착각 속에 빠져들기도
했다. 사람들이 보내는 위로의 말들이 나에게 진심으로 와 닿

지 않았고 어떤 말도 듣기 싫었다.

'말은 저렇게 하지만 속으로는 잘됐다고 생각하고 있을 거야. 날 늘 부러워하던 사람이었으니까.'

'가식적인 위로가 다 무슨 소용이야. 남은 다 소용 없어. 내 새끼들만 있으면 돼.'

그런 비틀린 마음들이 하루에도 수십 번씩 들었다 사라졌다. 하루는 먼저 세상을 떠난 남편을 원망하다가, 또 다른 날은 내가 일찍 결혼하면 일찍 과부가 된다고 말했다던 점쟁이와 엄마를 탓하다가, 또 하루는 너무 급하게 결혼 결심을 내렸던 나를 미워했다. 그렇게 내 스스로를 괴롭히고 혼자 무너져 내리는 시간을 보냈다.

아빠의 부재에 대해 실감하지도, 그게 무슨 뜻인지도 몰랐던 어린 딸들마저 내 눈치를 보면서 어두워지기 시작했다. 집안을 늘 생기 있고 활기차게 만들어주던 아이들이었는데 아이들마저 침울해지자 집안 분위기는 무덤처럼 차갑고 조용했다.

일곱 살 첫째 딸은 장녀라 그런지 눈치가 빠르고 어른스러웠던 터라 아빠가 세상을 떠났다는 사실을 이해했다. 그것이 자신에게 어떤 의미인지는 몰랐어도, 자신이 하나뿐인 아빠를 잃었고, 엄마는 하나뿐인 남편을 잃었고, 할머니는 가장 사랑하는 아들을 잃었다는 걸 알고는 있었다. 그리고 그것이 엄청나게 슬픈 일이라는 것도 물론 알았다. 하지만 내가 의지할 수 있

슬픔으로 휘청거리던 혼자된 며느리를 어머니는 묵묵히 지켜주셨다.

그 큰마음과 그 한없는 슬픔을 어찌 가늠할 수 있을까.

는 상대는 아니었다. 나는 그 아이들을 보듬고, 이 고난을 이겨 나가자고 다독여야 할 엄마였다. 그리고 남편과 아들을 6년 사이에 모두 잃은 시어머니를 위로해야 할 맏며느리였다.

## 아들 잃은 시어머니의 슬픔

갑작스럽게 아들을 잃은 시어머니는 며칠 동안 일어나지도 못할 만큼 충격을 받았지만, 나는 그런 어머니를 온 힘을 다해 안아 드릴 수 없었다. 시어머니에게 큰아들은 누구보다 든든하고 의지가 되는 존재였다. 특히 시아버지가 세상을 떠난 뒤에는 더 의지하고 마음 기대는 존재였기에 그 상실감은 이루 말할 수 없었다.

부모에게 자식은 언제나 귀하디귀한 존재이지만 자식마다 그 귀함의 의미는 조금씩 다르다. 가슴 아픈 자식, 의지가 되는 자식, 듬직한 자식, 귀여운 자식 등등 자식이 많을수록 자식에 대한 사랑의 색깔은 조금씩 다를 수밖에 없다.

시어머니에게 첫째 아들은 어떤 의미일까 생각해본 적이 있다. 시어머니는 전형적인 옛날 사대부집 맏며느리 스타일이라 아들, 장남에 대한 의식이 고루했고 전통적이었다. 언제나 장남이 우선이었고 함부로 하지 못하는 어렵지만 믿음직스러운 아들이었다. 기대를 가장 많이 한 자식이어서 그만큼 잔소리도 많이 한 자식이었지만 밑에 자식들을 대할 때처럼 허물없지는 않았다. 장남이라는 무게감과 책임감을 잔뜩 짊어지고 있던 남편이 알아서 잘하기도 했다. 남편은 효자이자 어머니의 보호자이기도 했다.

그런 아들을 잃은 슬픔을 내가 어찌 가늠할 수 있을까. 어머니가 몇 날 며칠을 일어나지 못하고 가슴속으로 우셨던 그 시간들을 나는 조금이나마 이해할 수 있었다.


## 파도를 헤쳐온 동지, 시어머니


시아버지가 묵묵하게 뒤에서 지지하고 사랑해주셨던 분이라면 시어머니와 나는 서로 부딪히고 온갖 파도를 헤쳐온 동지 같은 사이였다. 세상 어느 고부 관계가 우리 같을 수 있을까. 남편을 잃은 두 여자가 한집에서 17년을 함께 살았을 때, 둘 사이에 쌓인 정과 회한이 얼마나 깊고 깊었겠는가.

어머니는 평생 쪽 지고 한복 입고 살아오신 전형적인 맏며느리셨다. 사람들에게 베풀기를 좋아하셨고, 그래서 그 많은 손님이 가회동 집을 들락거려도 싫은 내색 한 번 하지 않으셨다. 시어머니를 생각하면 항상 억척스럽게 일하시던 모습이 떠오른다. 밥 짓고 불 때고 빨래하고 바느질하며 살아오신 한평생.

어머니는 평생을 아버님 곁에서 내조에 힘쓰셨고 아버님을 존경하셨다. 그렇게 사랑하고 존경하던 남편이 세상을 떠났을 때 어머니 심정이 어떠했을까. 그리고 몇 년 뒤 끔찍이 사랑한 장남을 잃었을 때 그 무너지는 억장은 또 어떠셨을까.

늙은 시어머니와 젊은 며느리는 남편 잃은 아픔을 가슴에 품고 두 손녀와 함께 가회동에서 살았다.

시어머니는 나에게 두 가지 감정을 가지고 계셨을 것이다. 서른 되어 혼자된 며느리가 안됐고 재혼해서 자기 삶을 살았으면 하는 마음 하나, 가엾기는 하지만 가회동에 남아 두 손녀딸과 함께 살아주기를 기대하는 마음 둘. 어머니의 생각을 내보이신 적은 없지만 나는 읽을 수 있었다. 내 마음도 늘 그 두 갈래길에서 방황하곤 했으니까.

어머니와 살면서 하루하루가 행복하고 편안했다고 하면 거짓말일 것이다. 가족이란 원래 그런 것이다. 세상에서 나의 모든 것을 이해해줄 마지막 남은 지지자이자 마음에 무겁게 내려앉은 돌덩이 같은 것. 나는 어머니가 가장 든든한 의지처였지만 어떨 때는 어머니의 걱정과 잔소리가 부담스럽기도 했다. 하지만 나는 어머니를 떠날 수 없었다.

어머니는 나의 아이들을 너무나 훌륭히 키워주셨다. 갑작스레 떠나보낸 서른두 살 장남의 어린 딸들이 얼마나 가여우셨겠는가. 남편이 떠날 때 아이들은 고작 일곱 살, 다섯 살이었다. 그 어린것들을 두고 남편이 갑작스런 사고로 세상을 떠났으니 어머니에겐 손녀딸들이 세상에서 가장 귀하고 아픈 손가락이었을 것이다.

물론 나 또한 아버지 없는 아이들이라는 소리 듣게 하지 않으려고 아이들 교육에 특별히 신경 썼지만, 오히려 그런 이유 때문에 아이들을 마음껏, 대놓고 사랑하지 못했다. 아이들이 강해져야 한다고 생각했기 때문이다. 그래서 안아주고 다독이고 애정을 퍼붓기보다는 자립심을 키워주고 흔들리지 않는 강한 아이들로 키우려고 노력했다. 그런 이유로 마음껏 표현하지 못한 사랑을 어머니가 주셨다. 어머니가 아니었다면 나는 아이들을 이토록 따뜻하고 건강하게 키우지 못했을지 모른다.

공주처럼 자라 세상물정 모르던 스물세 살 어린 며느리, 마음을 잡지 못하고 시집살이를 힘겨워하던 맏며느리, 서른 살에 남편을 잃고 절절한 슬픔으로 휘청거리던 혼자된 며느리를 어머니는 묵묵히 지켜주셨다. 그 큰마음과 그 한없는 슬픔을 어찌 가늠할 수 있을까.


시아버지와 시어머니 두 분은 미국에 계신 부모님을 대신해서 나를 딸처럼 보듬어주셨고, 내가 고통에 쓰러지지 않도록 곁에서 나의 온몸을 받쳐주셨다. 그 큰 은혜를 어찌 갚을 수 있을지 아직까지도 잘 모르겠다.

지금도 나는 시부모님 제사를 손수 지낸다. 시댁 식구들과는 멀어져 서로 왕래도 없지만 나는 여전히 내가 시집 와서 살던 가회동 집, 시부모님을 얻고, 아이들을 낳고, 남편을 잃었던 그 가회동 집에서 내 손으로 직접 제사 음식을 만들어 시부모님을 대접한다. 시부모님을 만나기 위해 들이는 그 시간들이 참 좋다.

인간에게 영혼이 있다면 시부모님도 나의 마음을 느끼고 계실 것이다. 살아생전에는 하지 못했던 말, 가슴 속에 담아놓고 하지 못했던 내 진심도 들으셨을 것이다.

감사하다는, 존경한다는, 그리고 사랑한다는 그 말.

# 치유의 길을
# 찾아서

나는 내 고통이 세상 그 무엇보다 먼저 아팠고, 가장 아팠다. 이기적인 마음이었지만 어쩔 수 없었다. 나이도 어렸지만 그때까지 인생을 살아오면서 그런 고통을 겪어본 적이 없던 터라 이 감정을 어떻게 다스리고, 어떻게 이겨내야 하는지도 몰랐다. 그저 나에게 이런 감당할 수 없는 아픔을 준 세상이 미웠다. 내가 뭘 그렇게 잘못했다고? 하지만 나에게도 의지처는 필요했다. 시기와 질투라는 감정을 가진 인간이 아니라 전지전능한 부모 같은 의지처가 필요했다.

그때부터 교회를 다니기 시작했다. 사실 시아버지가 독실한 크리스천이셨기 때문에 결혼하자마자 교회에 나가라는 권유를 많이 받았다. 당시 새문안교회 강신명 목사님이 아버님의 친구셨다. 시아버지는 신앙 안에서 매우 큰 행복을 느끼셨기에 며느리도 교회에 같이 다녔으면 좋겠다고 하셨다.

하지만 난 교회에 나가는 것 자체가 싫었다. 관심 밖이었다고 하는 편이 더 맞는 말일까? 내 생활을 꾸리는 게 더 신나고 재밌었기 때문에 다른 데에 신경 쓸 여유가 없었다. 게다가 신자끼리 함께 다니면서 봉사활동하고 단체 행동을 하는 게 내 성향에 맞지 않았다. 서로의 생활을 속속들이 알고 나누는 것도 마땅치 않았다. 그래서 교회에 다니자고 권유하신 시아버지 말씀을 귀담아 듣지 않은 것이다. 그런데 갑자기 혼자되고 나니까 시아버지 말씀이 계속 생각났다.

"신앙을 갖는다는 건 살아가는 데 큰 힘이 되는 일이야. 전지전능한 하나님이 내 뒤에서 나를 지켜보고 계신다는 것만으로도 위로가 되고 용기가 생긴단다."


## 종교 안에서 평안을


인간의 힘으로 어찌할 수 없었던 비극 그리고 인간의 힘으로는 추스릴 수 없는 감정의 파고를 겪으니 '전지전능한 신의

교회에 나가 기도했다.
그분만이 내 안의 절망과 고통을
온전히 이해할 수 있을 거라 생각했다.

존재'라는 말이 새삼 와 닿았다. 정말 그 안에 있으면 평온함과 안온함을 느낄 수 있을까?

더구나 새문안교회 강신명 목사님은 시아버지가 돌아가셨을 때, 그리고 남편이 세상을 떠났을 때 모두 죽음을 인도해주신 분이었다. 우리 집 사정과 나의 사연을 다 아는 분의 교회라면 믿음이 갔다. 지푸라기라도 잡는 심정으로 새문안교회를 나가기 시작했다.

그게 1978년. 남편이 세상을 떠난 해였다. 그때부터 교회에 열심히 다녔다. 하지만 신도들과 적극적으로 교류하거나 함께 활동하는 일은 없었다. 나는 그저 교회에 나가 목사님 말씀을 듣고 기도하면서 내면을 치유하고자 했다. 사람에게서 받은 상처를 사람으로 치유한다는 말이 그때의 나에게는 어림도 없는 말이었다. 나는 철저히 혼자이고 싶었고 신에게만 나의 모든 이야기를 들려드리고 싶었다. 그분만이 내 안의 절망과 고통을 온전히 이해할 수 있을 거라 생각했다.

다행히 교회에 다니면서 차차 안정을 찾아갔다. 시어머니도 자리에서 털고 일어나셨고 아이들도 아빠 없는 생활에 차츰 익숙해지기 시작했다. 마음의 안정을 찾으니 감정이 아닌 이성이 돌아왔다. 울고 불며 돌이킬 수 없는 일에 매달리면 내 인생이 더욱더 절망의 나락으로 빠진다는 생각이 들었다. 내게는 아이들이 있고 아직 나의 인생도 많이 남아 있었다. 이대로 남편 없는 과부, 아이 둘 딸린 미망인으로 남고 싶지 않았다. 아이들에게 당당한 엄마로, 멋진 여성으로 자신감 있는 모습을 보여주고 싶었다.


## 내 자존심이 허락하지 않았다


'그래, 내 인생을 사는 거야. 그게 아이들에게 가장 좋은 교육이야. 슬픔에 빠진 엄마는 싫어. 아이들에게 자랑스러운 엄마가 될 거야. 아빠 몫까지 다해서.'

내 자존심이 그렇게 쓰러져 울고 있는 나를 허락하지 않았다고 말하는 게 좋을 것 같다. 어렸을 때부터 자존심 강하고 자존감도 높았던 나는 '남편 없는 불쌍한 여자'라는 인생을 살고 싶지 않았다. 신파는 싫었다.

어렸을 때부터 내 할 일은 스스로 하고 누구에게도 얕잡아 보이지 않을 만큼 똑소리 나는 아이였다. 그런 내가 나의 잘못도 아닌 인생의 풍파에 넘어져 평생을 주눅 들어 사는 건 자존심이 허락하지 않았다.

결혼으로 무한정 미뤄두었던, 어쩌면 포기했던 미국 유학을 떠나야 했다. 그것이 내가 살 길이고 아이들이 살 길이었다.

"어머니, 저 미국으로 그림 유학을 떠날까 해요."

결심을 굳히고 어머니께 계획을 말씀 드리자, 어머니는 아무 말씀이 없으셨다. 전혀 예상하지 못했던 일이었겠지만 놀라지도 화를 내지도 결심의 이유를 궁금해하지도 않으셨다.

"3년 열심히 공부해서 학위 따서 올게요."

"미국 부모님 댁으로 가려고?"

"네, 부모님이 챙겨주시는 밥 먹으면서 학생 때처럼 공부만 하고 싶어요."

어머니는 반대도 하지 않으셨다. 반대할 명목이 없다고 생각하시는 것 같았다. 어머니의 잘못도 아니건만 어머니는 남편이 떠난 뒤로 나와 눈도 잘 못 마주치고 나에게 괜스레 미안해하셨다. 어쩔 때는 조바심 같은, 안절부절함 같은 감정이 느껴지기도 했다.

내게 자유를 주어 여자로서의 삶을 살게 해야 하는 건 아닐까 싶다가도, 욕심이지만 아이들 곁에 남아 엄마로서 계속 살아주길 바라는 마음이 다투고 있었을 것이다. 그 혼란스러운 마음이 내게도 느껴질 정도였다. 그러니 유학을 가고 싶다는 내 계획에 된다, 안 된다 어떤 의사도 적극적으로 표현할 수 없으셨던 것이다.

"가야겠으면 가야겠지….."

## "어머니, 3년만 우리 아이들 지켜주세요"

나는 눈시울이 붉어진 어머니 곁으로 다가가 오랜 집안일로 늙고 마디 굵은 어머니의 손을 잡았다. 울지 않으려 했지만 어느새 내 눈에는 눈물이 가득 차올랐다.

"어머니, 3년만 우리 아이들 지켜주세요. 이게 제가 살 길이에요. 이대로는 제가 힘들어요. 아이들에게 자랑스럽고 떳떳한 엄마가 되고 싶어요. 무어라도 내세울 수 있는 엄마가 되고 싶어요. 어머니가 도와주시면 할 수 있을 것 같아요."

어머니와 나는 서로의 손을 마주잡고 하염없이 울었다. 어머니는 내 어깨를 두드리며 고개를 끄덕이셨다.

"다녀오거라. 애들 걱정은 말고…."

어머니의 무릎에 엎드려 한참을 울고 나니 왠지 지금까지의 슬픔이 다 씻겨 내려간 것 같았다. 무언가 새로 시작할 수 있을 것 같았고 새로운 에너지가 내 몸을 채우는 것 같았다. 무엇이든 해낼 수 있을 것만 같았다.

그 후로 나는 유학 준비를 시작했다. 미국에 계신 부모님은 흔쾌히 어서 오라고 말해주셨다. 제일 먼저 국제면허증을 땄다. 그리고 토플 준비를 시작했다. 토플 성적으로 미국 대학에 지원서를 냈다. 유학을 준비하는 그 시간들이 내게는 그나마 인생을 다시 사는 기분이었다. 오래전부터 꿈꾸어왔던 일에 마침내 첫발을 내딛었다는 작은 설렘과 기쁨이 일었다. 다시 예전의 나로, 젊은 시절 생기 넘치는 나로 돌아갈 수 있을 것 같은 용기가 샘솟았다.

아이들을 생각하면 계속 눈에 밟혔다. 엄마 없이 3년이라는 시간을 견딜 수 있을까? 나 또한 아이들 없이 3년이란 시간을 보낼 수 있을까? 하지만 그런 안타까운 모성애보다 단호한 모성애가 필요할 때였다. 어느 정도 유학 준비가 마무리되었을 즈음, 나는 두 아이를 품에 안았다.

"엄마가 너희들에게 할 말이 있어."

아이들은 반짝이는 눈빛으로 나를 바라보았다. 이렇게 때 묻지 않게 순수한 아이들을 두고 내가 공부를 하러 가는 일이 맞는 걸까? 순간 그런 생각이 들었지만 나는 고개를 저으며 마음을 다잡았다.

"엄마가 미국으로 공부하러 가려고 해."

첫째 아이는 조금 놀라는 눈치였다. 둘째 아이는 무슨 소리인지 몰라 눈만 멀뚱히 뜬 채 내 얼굴을 뚫어지게 바라보았다.

"엄마가 오래전부터 하고 싶었던 공부가 있거든."

"무슨 공부요?"

"그림 공부. 엄마는 그림 그리는 걸 정말 좋아해. 어렸을 때부터 화가가 되고 싶었어. 그런데 아빠랑 결혼하면서 그 꿈을 잠깐 잊고 살았거든."

아이들은 아무 말 없이 내 눈만 바라보았다.

"근데 이제 다시 그 꿈을 이루었으면 좋겠어. 너희들한테 자랑스러운 엄마가 되고 싶어."

"그럼 우리는요?"

첫째 아이가 물었다.

"음, 너희들은 할머니가 돌봐주실 거야. 엄마가 전화도 하고 편지도 쓸게. 딱 3년만 엄마 응원해줄 수 있어?"

첫째 아이 눈에 눈물이 가득 고였다. 언니가 울려고 하니 둘째 아이도 덩달아 울먹였다. 나는 아이들을 품에 꼭 안았다.

"엄마가 정말 하고 싶었던 일이야. 열심히 공부해서 멋진 화가가 돼서 돌아올게. 우리 딸들이 엄마 응원해줄 거지?"

내 품안에서 울음을 터뜨린 아이들은 고개를 끄덕이며 나를 꼭 안았다. 아이들의 품은 작았지만 따뜻했다. 남편을 떠나보내고 처음으로 가슴 가득 사랑과 위로가 전해졌다. 아이들의 작은 심장 소리가 느껴질 만큼 아이들을 꽉 껴안은 나는 속으로 다짐했다. 어떤 다짐보다 굳고 강한 의지였다.

'그래, 이 아이들을 위해서라도 내 인생을 멋지게 살아야 해. 너희를 위해서 당당한 나로 살 거야.'

'그래, 내 인생을 사는 거야.
슬픔에 빠진 엄마는 싫어.
아이들에게 자랑스러운 엄마가 될 거야.
아빠 몫까지 다해서.'

# 그럼에도 인생은
# 피어나고

이별은 아프지만, 이별이 아픔으로 끝나지 않으려면 아픔을 딛고 일어서야 한다. 내 인생에서 가장 행복했던 시절 가운데 하나였던 가회동에 모든 추억을 내려놓고, 시어머니와 아이들과 어렵게 작별 인사를 하고 비행기를 타면서 나는 이 순간 이후부터 절대 울지 않겠다고 다짐했다. 울려고 하면 울 일이 너무 많은 인생이었다. 그러니 애초부터 울지 않아야 했다.

'지금부터 제2의 인생이야. 다시 시작해보는 거야.'

# 선택적 도피

미국 땅을 밟으며 한국에서의 삶은 잠시 안녕이라고 되뇌었다. 솔직히 말해, 도피였을지도 모른다. 아픔과 고통이 많은 곳을 잠시 떠나 있고 싶다는 마음이 아예 없었다면 거짓말일 것이다. 자존심이 상했다는 말도 사실이다. 한 번도 남에게 아쉬운 소리를 하거나 들어본 적 없는 내 인생에 남편의 죽음은 커다란 상처였다.

스물네 살에 대학교 이사장 부인이라는 자리는 나의 자부심이기도 했다. 물론 내가 이사장 부인이랍시고 으스대거나 그것을 이용해 사익을 취한 건 아니지만 어딜 가든 교육재단 집안의 며느리라는 자리에 어울리는 사람이 되려고 노력했다. 조금만 불손하거나 거드름을 피워도 금방 말이 나올 수 있었기에 항상 조심했다. 미래의 인재를 길러낸다는 대학 설립자의 집안이었기에 더 낮고 더 겸손하게 살았다. 웬만한 중산층 가정에서보다 더 힘들고 고되게 살림을 꾸리면서도 불평 한마디 안 할 수 있었던 건, 집안에 대한 자부심 때문이었다. 그랬던 자부심이 모두 무너져 버린 것이다.

온전한 내 자신이 아닌 무언가가 나의 정체성이 되고 자부심이 되면 위험하다는 것을 그제야 알았다. 그것이 사라지면, 그것을 빼앗기면 그걸 방패처럼 두르고 있던 내가 무너질 수 있기 때문이다.

　나 또한 그랬다. 매일 밤을 울고 매일 밤을 원망했다. 특별한 대상이 있었던 것도 아니다. 어느 날은 남편이었다가 어느 날은 부모님이었다가 또 어느 날은 시어머니였다가 어느 날은 친구를 원망했다. 아무도 만나고 싶지 않았고 어떤 위로의 말도 모두 가식 같았다. 그렇게 몇 달을 지나고 나니 내 마음에 제동이 걸리기 시작했다. 그러면 안 된다고, 다시 생각해보라고, 지금 이 모습은 너를 파괴하는 행위라고…. 그러니 눈물이 그쳤다. 누군가를 미워하고 원망하는 마음도 조금씩 사그라들었다. 내가 바로 서야 집안도 아이들도 내 삶도 바로 설 수 있다는 깨달음을 얻었다.

　나의 미국행은 누군가에게는 도피처럼 보일 수도, 다른 누군가에게는 여전히 버리지 못한 자존심처럼 보일지도 모른다. 그게 맞을 수도 있다. 그런 결정을 내리기까지 하나의 이유만 존재하진 않았다. 온갖 이유가 결정의 단초였다.


## 부모님의 품속에서


　부모님은 온 마음으로 나를 안아주셨다. 그 품에 안기니 그동안의 고단함과 피곤함이 모두 녹아내리는 것 같았다. 어머니

지친 몸과 마음에 위로를 건네고
긍정적인 에너지로 가득 채우는 시간을 가졌다.
나에게 주는 짧은 휴가였다.

는 애써 감정을 추스르려 했지만 어쩔 수 없이 눈시울을 붉혔고 아버지는 아무 말 없이 내 어깨를 토닥여주셨다. 부모님을 보면 절대 울지 말아야 한다고 다짐하고 또 다짐했던 나는 짐짓 쾌활하게 부모님께 오랜만의 인사를 드렸다.

"잘 지내셨죠? 보고 싶었어요."

일상적으로 나누는 인사말, "안녕히 주무셨어요?" "잘 지내셨어요?" "점심은 드셨어요?" "별일 없으시죠?" 같은 말을 자주 나눌 수 있다는 것 자체가 행복이라는 걸 느꼈다. 너무 일상적이어서 소중한지 몰랐던 말을 얼굴 보며 할 수 있다니 그것만으로도 가슴이 벅찼다.

며칠 동안은 그동안 함께하지 못한 시간들에 대해 이야기하며 밤을 지새웠다. 시카고에 사는 언니와 오빠들도 동생을 보겠다며 한달음에 달려와 마음을 다독여주었다. 어렸을 때는 싸우기도 하고 나이 차이가 많이 나서 어렵기도 한 형제자매들이었지만 나이가 들고 만나니 그렇게 든든하고 따뜻할 수가 없었다. 아무 말 하지 않아도, 굳이 나를 드러내거나 설명하려 하지 않아도 나를 다 이해하고 받아주는 가족들. 그 사람들 곁에 있는 것만으로도 그동안의 힘겨웠던 마음이 눈 녹듯 사라졌다.

미국에 도착하고 며칠 동안은 시차 때문에, 그리고 그동안 못 만나고 지내온 가족들과 회포를 푸느라 정신없이 보냈다. 한국에 두고 온 시어머니와 아이들이 내내 마음에 걸리기는 했지만 나는 다시 일상의 시동을 걸기 전에 나에게 주는 짧은 휴가라 생각하고 한 달여를 아무것도 생각하지 않고 보냈다. 부모님 곁에서 형제자매와 맛있는 음식을 먹고 아름다운 풍경을 보며 별로 대단치 않은 대화를 나누는 사이 나의 몸과 마음은 서서히 치유되어갔다.

## '아이들에게 자랑스러운 엄마가 되자'

한국에서라면 있을 수도 없고 할 수도 없는 여유로운 생활을 보내면서도 내 머릿속에는 온통 한국에서 떠나올 때 세웠던 계획과 아이들 생각뿐이었다. 애초에 미국으로 떠나온 이유가 온전히 아이들에게 자랑스러운 엄마가 되고 싶다는 열망 때문이었으므로 나는 서서히 학업 준비를 시작했다.

한국에서와는 전혀 다른 전공으로 다시 학업을 시작한다는 것 자체가 상당히 부담스럽고 겁이 나는 도전이었지만 나는 그런 정신적인 여유를 부릴 형편이 아니었다. 나이 들어 다시 시작하는 공부이니 누구보다 잘해내고 싶었고, 특히 아이들이 자랑스러워할 만한 성과를 올리고 싶었다. 그런 다부진 계획 이면에는 다시 그림을 시작한다는 흥분도 자리하고 있었다. 집에서 취미생활로 그림을 그리는 것과 대학에서 정식으로 그림을

많은 일을 겪고 난 뒤의 내면의 변화가 화폭 위에 담겼다.
나도 내 그림의 변화가 뿌듯했다.

배우는 것은 마음가짐부터 달랐다.

오랫동안 잊고 있었지만 그림을 그리는 동안 내가 얼마나 행복하고 충만해지는지 다시 한번 깨달았다. 여유로운 외국의 풍경, 많은 일을 겪고 난 뒤의 내면의 변화가 화폭 위에 담겼다.

그림도 예전과는 많이 달라졌다. 그런 변화는 기술적인 측면, 그러니까 데생이라든가 색감 같은 스킬과는 다른 영역이다. 물론 어떤 예술이든 마찬가지이지만 아무리 아이디어가 좋고 창의력이 넘친다 해도 기본이 되어 있지 않으면 그 예술 작품은 생명력이 길지 못하다.

위대한 예술가는 엉덩이가 짓무르도록 기본기를 철저하게 닦는다. 예술은 천재적인 재능만큼이나 성실한 태도가 중요하다. 기본기를 쌓는 일은 너무나 지루하고 고된 일이어서 누구나 쉽게 포기하고 싶게 만든다. 그래서 얄팍한 스킬이나 아이디어 하나만 믿고 예술가 운운하는 사람이 많은 것이다. 그런 사람들의 작품은 잠깐 눈길을 끌 수 있을지는 모르지만 오래가지 않는다.

나는 수많은 미술 작품을 보면서 화가의 지루하고 지난한 시간들을 느끼곤 한다. 그들이 어떻게 살아왔는지, 그림을 대하는 태도가 어땠는지 그 일면이 고스란히 느껴진다. 그런 면에서 나도 내 그림의 변화가 뿌듯했다.

# 고통의 순간을
# 지나며

 

내 그림에는 인생을 대하는 나의 달라진 시선이 담겨 있었다. 인생을 바라보는 나의 지향이라고 할까? 인생은 힘들고 변덕스럽고 갑작스럽지만 그럼에도 인생이 아름다운 건 그 안에 보석 같은 순간들을 품고 있기 때문이다.

누군가에게 내가 살아온 삶이 너무 고통스럽게 느껴질 수 있다. 저렇게 사는 사람도 있구나 하는 역경의 인생일 수도 있다. 하지만 내 인생은 그 고통의 순간에도 아름다운 순간을 담고 있었다. 예전에는 한 번도 소중하다고, 아름답다고 생각해보지 않은 태양과 하늘과 바다와 바람이 그랬다. 고통의 순간을

내 그림이 화사해졌다.
생기가 넘쳤고 긍정의 에너지로 가득 찼다.
사람 만나는 것이 두렵지 않았다.
내 정체성을 서서히 찾아가고 있는 걸까.

지나고 나면 똑같은 풍경도 다르게 보인다. 예전에는 귀담아 들어본 적 없는 아이들의 웃음소리가 소중하고, 지금 바로 내 곁에 있는 사람이 얼마나 귀한지도 뼈저리게 느끼게 된다.

나는 그림에 그런 일상적인 아름다움을 담았다. 그림을 통해 사람들에게 "이것 보세요. 우리가 이렇게 아름다워요. 우리가 이렇게 아름다운 세상을 살고 있어요"라고 말을 걸고 싶었다. 그래서 내 그림은 화사해졌다. 생기가 넘쳤고 긍정의 에너지로 가득 찼다.

## 내 정체성을 찾다

너무나 익숙해져 습관 같았던 그림을 다시 그리기 시작한 것도 예전의 나의 모습을 되찾는 데 큰 도움이 되었지만, 무엇보다 새로운 사람들을 만나기 시작한 것이 큰 활력소가 되어 주었다. 남편이 사고를 당하기 전에는 살림하느라 사람들을 만나지 못했고, 그럴 자리도 거의 없었다. 남편이 사고를 당한 뒤로는 사람들의 편견이 싫어서 더더욱 만나지 않았다. 그들은 모두 나를 '김경희'로 보지 않고 누구의 며느리, 누구의 부인, 어떤 집안의 며느리로 보았다. 더 견딜 수 없는 건 '젊은 나이에 과부가 된 여자' '불쌍한 여자'라는 시선이었다.

물론 누구의 며느리, 누구의 부인, 어떤 집안의 며느리라는 타이틀은 나를 증명하는 또 다른 정체성이기도 했다. 나도 만족스럽고 자랑스럽게 여기는 점이었다. 하지만 혼자 남은 나에게 따라붙는 비틀린 시선들은 받아들이기가 힘들었다. 하지만 나 혼자 아무리 "나는 김경희입니다. 불쌍하지도 가련하지도 않아요!"라고 외쳐봤자 한국에서는 들어주는 사람이 없었다.

그런데 미국에서는 달랐다. 아무도 나를 한국에서처럼 비련의 주인공으로 보지 않았다. 그저 나는 그림을 사랑해서 그림 공부를 하러 온 김경희였다. 그러니 움츠러들 필요도 없었다. 나는 그저 내 그대로의 모습으로 그림을 그리고 공부를 하고 사람을 만나면 그만이었다. 그러다 보니 사람들도 하나하나 눈에 들어오기 시작했다. 한국에서는 만나는 사람들이 늘 뻔했고 그마저도 속을 터놓고 얘기할 수 있는 사람은 극히 드물었지만, 미국에서는 누구든 만날 수 있었고 누구에게든 지금의 나를 보여줄 수 있었다.

## 유머러스한 남자친구, B

그렇게 마음이 열리면서 많은 친구를 사귀었고 좋은 관계를 많이 맺었다. 그리고 B. 그는 매우 재밌는 사람이었다.

그를 만나면서,
내가 더 훌륭한 사람이 되고 싶고
더 나은 사람이 되고 싶었다.
그것이 연애라면 연애였을까.

미국에 유학 와서 졸업을 했고 자리를 잡아 사업을 하고 있었다. 친구들 모임에서 만난 사람인데 처음부터 무척 유쾌했다. 허세나 거드름 같은 게 조금도 없는 담백하고 유머러스한 사람이었다. 많은 걸 가졌지만 자신이 가진 걸로 다른 사람을 무시하거나 오만하게 굴지 않았고 마음이 넓고 따뜻했다. 그와 대화를 나눌 때면 나는 많이 웃었다. 대화가 잘 통하기도 했지만 사람을 즐겁게 해주는 능력이 있는 사람이었다. 가진 것보다 훨씬 더 많은 것을 갖고 있는 것처럼 자신을 부풀리는 사람을 많이 보아왔던 나는, 그의 그런 소탈함이 무척 인상 깊었다. 그와 대화를 나누고 있노라면 근심과 걱정도 녹아 없어졌다.

"경희 씨 그림은 보고 있으면 기분이 좋아져요. 그래 한번 열심히 살아보자 그런 에너지를 주는 것 같고, 경희 씨 같아요."

그는 그런 말로 나의 자존감을 높여주었다. 내가 뭘 하든 잘한다고, 멋있다고 응원해주었다. 그와 함께 아름다운 경치를 바라보며 가볍게 맥주를 마시고 드라이브를 하고 그림을 보고 영화를 보면서 나는 다시 젊은 시절로 돌아간 것 같은 기분이 들었다. 마음이 즐거웠다.

무슨 할 말이 그렇게 많았는지 이야기를 나누다 보면 네다섯 시간은 금방 지나갔다. 그것도 모자라 밤을 새워 전화 통화를 하기도 했다. 당시에는 휴대전화가 없었기 때문에 집으로 전화를 걸 수밖에 없었는데 그러다 보니 부모님도 그를 알 수밖에 없었다. 너무 통화가 길어져서 아버지한테 혼이 난 적도 있었다. 서른이 넘어 전화통화 길게 한다고 부모님께 혼이 난다는 사실이 재미있으면서도 즐거웠다. 마치 대학교 다니는 철부지 딸로 돌아간 것 같았다. 그것이 연애라면 연애였을까?

하지만 그런 규정을 두고 싶지 않았다. 이 사람은 내 남자친구, 내가 지금 하고 있는 것은 새로운 연애. 이렇게 한계를 두고 싶지 않았다. 그렇게 되는 순간 그에 맞는 태도와 규약이 생기기 마련이니까. 그도 나도 우리는 자유롭게 마음을 나누었다.

나는 그와 만나면서 삶의 의욕을 더 강하게 느꼈다. 더 훌륭한 사람이 되고 싶고 더 나은 사람이 되고 싶었다. 그래서 누구 앞에서도 떳떳한 사람이 되고 싶었다. 그러다 보니 학교 수업도 더 열심히 참여하고 그림도 더 열심히 그렸다. 나의 그림은 일상의 작고 아름다운 순간을 찾아 빛나는 색으로 물들었다. 그렇게 하루하루를 후회 없이 열심히 살았다.


## 보고 싶은 아이들


그럼에도 마음 한 편은 채워지지 않았다. 아이들 때문이었다. 여덟 살, 여섯 살짜리 아이들이 밤마다 눈에 밟혔다. 낮에는 학교 다니고 사람들 만나고 과제하고 강의 듣느라 정신  없이 생활하느라 아이들 생각을 견딜 수 있었지만 밤이 되면 아이들 얼굴이 떠올랐다. 정원으로 쏟아질 듯 하늘에 총총히 떠 있는 이 별을 아이들에게 보여줄 수 있다면 얼마나 좋을까? 그런 생각으로 밤하늘을 하염없이 올려다보았다.

내 곁에는 따뜻한 부모님과 언니와 오빠들, 대화가 잘 통하는 친구들이 많았지만 아이들의 빈자리는 그들이 채워줄 수 없었다. 내가 우울해하고 있으면 마치 그 기분을 알기라도 하듯 쪼르르 달려와 재잘재잘 떠들고 엄마를 꼭 안아주던 아이들의 작지만 따뜻한 품이 그리웠다. '보고 싶다'라는 말로는 표현할 수 없는 마음이었다.

'아이들도 아빠 잃은 아픔과 슬픔이 클 텐데 내가 옆에서 그 마음을 보듬어줬어야 했어'라는 생각이 들다가 '아니야. 내가 한국에 있었다면 나는 눈물로 하루를 보냈을 거야. 그러면 아이들도 불행했겠지. 엄마의 감정이 고스란히 아이한테 전달된다고 하잖아. 당당한 엄마가 되겠다는 생각은 옳았어' 하는 생각이 들었다.

하루에도 몇 번씩 생각이 변덕을 부렸다. 너무 보고 싶을 때는 전화를 걸었다. 지금처럼 영상 통화를 할 수 있는 시대가 아니어서 목소리만이라도 자주 들려줘야겠다고 생각했다. 그런데 그것도 나중에는 자제했다. 아이들에게 오히려 그리움만 더 키우는 일 같았기 때문이다.

자식에 대한 부모의 마음이 이런 것일까 하는 생각이 정말 많이 들었다. 연인을 보고 싶은 마음과는 완전히 다른 감정이었다. 가슴을 에인다고 해야 할까. 마음을 칼로 긋는 것처럼 아프도록 아이들이 보고 싶었다. 그럴 때면 나는 한국을 떠나오기로 결심하던 날의 마음가짐을 떠올렸다. 아이들에게 당당한 엄마, 홀로 우뚝 서는 엄마가 되어 돌아오겠다는 다짐을 지켜야 한다고 스스로에게 되뇌었다. 그렇게 그리움 속에서 유학 생활은 1년을 훌쩍 넘어가고 있었다.

## 다시 한국으로

그러던 어느 날, 시어머니한테서 전화가 왔다. 지금까지 한 번도 전화를 먼저 거신 적이 없기에 나는 가슴이 쿵 하고 떨어졌다. 미국으로 전화를 거실 정도면 안 좋은 일이 분명했다.

"아이들이 너무 말이 없어진다. 첫째는 학교생활이 힘든 것 같아. 성적도 많이 떨어지고 의욕이 없어 보여. 네가 왜 미국을 갔는지 알기 때문에 아무 말도 안 하려고 했는데 엄마 빈자리가 점점 커져서 내가 이제 감당이 안 되는구나."

첫째 아이가 학교에 적응을 못하고 점점 소심해지고 말이 없어진다는 어머님의 전화였다. 눈치가 빠르고 세심한 성격이

마음을 칼로 긋는 것처럼 아프도록 아이들이 보고 싶었다.
세상에 내 아이들보다 소중한 건 없었다.

어서 엄마의 빈자리가 무척 컸던 모양이었다. 그런 마음이었으면서도 아이는 지금껏 한 번도 내색을 한 적이 없었다. "엄마 언제 오세요?"라고 물어본 적은 있지만 "엄마 빨리 오세요"라고 보챈 적은 한 번도 없었다.

어머님의 전화를 받자마자 나는 한국행 티켓을 끊었다. 세상에 내 아이들보다 소중한 건 없었다. 내 인생은 아이들이 있기에 지탱할 수 있었다. 그 아이들이 엄마의 빈자리로 시들어간다는데 내가 무슨 부귀영화를 누리겠다고 미국에 남아 학위를 따겠는가.

나는 아픈 가슴을 부여잡고 급하게 짐을 꾸렸다. 2년의 시간 동안 내가 하고 싶은 것 마음껏 하고 살았으니 이만하면 됐다고 내 마음이 말하고 있었다.

'얘들아, 엄마 지금 갈게. 너희들 없이 엄만 안 돼. 한국에서 얼른 다시 만나자.'

# MY DREAM,
# MY LOVE

4장

'최고의 학교를
만들자'는
열정과 의지

# 가련한 미망인이 아닌
# 당당한 경영인으로

수많은 변화가 있었지만 아무것도 변하지 않은 것 같은 날
들이 하염없이 지나갔다. 엄마를 다시 찾은 아이들은 아무 탈
없이 무럭무럭 자랐고, 아이들이 아빠 없는 서러움과 아픔으로
시들지 않게 모든 사랑을 퍼부어주신 시어머니는 내가 미국에
서 돌아오고 나서 8년 뒤에 돌아가셨다. 시어머니와 나는 다른
고부 관계와는 다른 독특하고 끈끈한 정으로 맺어졌기에 어머
니의 죽음은 나에게 또 다른 충격이었다. 가슴이 뻥 뚫린 것 같
은 허전함이 오래 계속되었고, 이제 정말 이 하늘 아래 나 혼자
남았구나 하는 끝 모를 외로움에 가슴이 아파오기도 했다.

어머니와 별로 특별할 것도 없는 사소하고 소소한 이야기를 나누며 보냈던 하루는 침묵에 잠식되었다. 아이들이 학교로 학원으로 가고 나면 가회동 집에 혼자 남아 그림을 그리거나 차를 마시거나 멍하니 창밖을 내다보았다. 특별히 전화를 걸 사람도, 별스럽지 않은 수다를 떨 친밀한 친구도 없었다. 정원 감나무에 찾아온 까치와 잔디밭에 내려앉은 참새 소리만 가끔 정적을 깰 뿐이었다. 외롭기는 했지만 나쁘지 않은 고요한 날들이었다.

## 학교에 대한 안 좋은 뉴스들

눈 막고 귀 막고 살았다면 그렇게 조용히 한 세상 살았을 것이다. 하지만 그럴 수가 없었다. 듣고 싶지 않아도 학교에 대한 소식이 계속 들려왔다. 집에 찾아온 시동생들과 여러 지인들을 통해 듣는 학교 사정은 좋지 않았다. 시간이 흐를수록 학교의 명성이 더 높아져야 하는데 학교는 점점 더 내리막길을 걸었다. '시아버지와 남편이 어떻게 세운 학교인데, 어떻게 키운 학교인데…'라는 생각이 하루에도 몇 번씩 머릿속을 스쳐지나갔다. 내 안에서는 무언가가 자꾸 요동쳤다. 시아버지의 학교, 남편이 모든 것을 걸었던 학교. 그 학교가 자꾸 눈에 밟혔다.

'학교를 저렇게 두어선 안 돼.
시아버지와 남편이
어떻게 키운 학교인데….
학교를 위해서 뭔가를 해야 해.'

남편의 뒤를 이어 시동생이 이사장을 맡고 있었지만 시간이 지나면서 학교는 서열이 많이 떨어지고 있었다. 그야말로 엉망이 되어가고 있었다. 또한 법적으로 사고가 나면서 이사장직을 내려놓고 외부에서 이사장을 모셔왔다. 외부에서 이사장을 영입했지만 학교는 마찬가지로 발전보다는 계속 서열이 떨어지고 있었다.

시아버지와 남편이 잠도 자지 못하고 시간을 쪼개가며 학교 발전을 위해, 대한민국 최고의 사학을 만들기 위해 애쓰던 시간들이 그 상태에서 멈춰 있었다. '학교를 저렇게 두어선 안 돼. 시아버지와 남편을 위해서, 그리고 학교를 위해서 뭔가를 해야 해.'

그때가 아이들이 어엿한 이십대가 된 즈음이었다. 엄마의 손길과 관심이 필요한 나이를 훌쩍 지난 것이다. 나는 아이들이 독립적으로, 강한 여성으로 자라길 바랐다. 갑자기 어떤 비바람을 맞을지, 어떤 난관에 부딪힐지 모르는 게 인생이기 때문이다. 부모는 아이들이 그런 비바람을 맞지 않게 막아주는 사람이 아니라, 아이들이 그런 비바람을 맞아도 다시 일어설 수 있게 키워야 한다는 게 나의 교육 철학이었다. 그리고 아이들은 그렇게 성장했다. 성인이 된 아이들은 자기만의 목표를 가지고 열심히 미래를 위해 공부에 매진하고 있었다.

그런 아이들을 보며 나도 일을 하고 싶었다. 그동안 나는 화실을 만들고 열심히 그림을 그렸다. 생활전선에서 뛰어야 했고, 그러면서 9번의 개인전도 열었다. 인기 작가의 대열에 막 올라서고 있었다. 결혼과 동시에 접어두었던 나의 기질을 살리고 싶었다. 사람들과 어울려 진취적으로 무언가를 도모하고 그 목표를 위해 사람들과 함께 무언가를 성취하는 데서 기쁨을 느끼는 나의 기질과 성향은 사회생활에 적격이었다. 중년에 접어들고 보니 이제 온전히 나를 위해서만 살고 싶다는 생각이 강하게 들었다. 내가 즐겁고 재미있게 할 수 있는 일, 보람을 느낄 수 있는 일을 하고 싶었다. 학교로 가야 했다.

## 평이사로 학교 경영에 참여하다

시동생이 이사장직에서 물러난 1994년에 나는 평이사로 학교 운영에 참여했다. 처음에는 아무도 나에게 주목하지 않았다. 1988년에 첫 개인전을 열고 한국미술협회 회원으로 그림 쪽으로만 왕성하게 활동하던 나였기에 학교에서의 시선은 어쩌면 당연했다.

하지만 나는 다른 이사들과 달리 학교에 대한 애정이 남달랐다. 내 힘으로 어떻게든 학교가 정상화되고 더 발전한다면 바랄 것이 없다고 생각했다. 시작부터가 그들과 다르다 보니 누구보다도 열정적으로 학교일에 참여했다. 모르는 것은 물어보고 찾아보고 배워가면서 하나하나 밑바닥부터 배웠다.

물론 평이사는 학교 운영에 깊이 개입할 수가 없어 어떤 사안에 대해 의견을 주고 결정을 내리는 정도의 역할만 하면 되었지만, 그 일도 제대로 하려면 학교에 대해 많은 것을 알아야 했다. 그러니 공부할 게 한두 가지가 아니었다. 모르는 것 투성이었고 알아야 할 일이 산더미였다.

월급은 안 나오지만 어쩌면 그저 직함 하나 달았다는 데 만족하면서 이사직을 수행했을 수도 있었다. 하지만 나는 그러고 싶지 않았다. "학교재단 며느리라서 저렇게 편하게 일하는구나." 이런 소리는 듣고 싶지 않았다. 그저 이름뿐인 직함은 갖고 싶지도 않았다.

내부에서 본 학교 상황은 처참했다. 무엇 하나 제대로 돌아가는 게 없다는 생각이 들 정도였다. 외부에서 볼 때와는 너무 달랐다. 이렇게 무너져서는 안 되는 학교였다. 훌륭한 설립 이념을 가진 역사 깊은 사학이 이렇게 그저 그런 대학으로 주저앉아서는 안 되었다.

'내가 이사장이 된다면 학교를 이렇게 두진 않을 거야.'

7년간의 이사직을 거치면서 나는 마음속 깊은 곳에 숨겨 두었던, 아니 일부러 꺼내보지 않았던 열정과 열망을 꺼내들었다.

할 수 있다는 자신감, 해야 한다는 사명감이 나를 일으켜 세웠다. 두 명의 외부 인사가 이사장을 맡는 동안 나는 학교를 위해 필요한 것이 무엇인지 끊임없이 생각하고 고민했다. 무엇이 학생들을 위한 길이며 나아가 훌륭한 사학이 되는 길인지 공부했다. '~였으면 좋겠다'라는 바람이 어느덧 '~여야 한다'는 당위성으로 굳어졌다.

'학교를 살리려면 시아버지와 남편의 유훈을 누구보다도 잘 실천할 수 있어야 해. 내가 할 수 있어. 내가 해보고 싶어.'

누군가에게는 터무니없는 소리였을 것이다. 아니, 누구나 그렇게 생각했다. 그 누구도 내편이 아니었다. 의논할 상대가 많지는 않았지만 나를 잘 아는 소수의 지인들에게 이사장이 되고 싶다며 도움을 요청했을 때 그들 또한 그렇게 반응했다. 왜 그렇게 어려운 길을 가느냐 말리기도 했다. 하지만 내 계획이 그저 자리에 대한 욕심이 아니라 학교 발전을 위한 간절함이자 진심을 알고는 모두 내 편이 되어 나를 응원했다. 필요하면 돕겠다고, 무슨 일을 도와주면 되겠느냐고 마음을 써주었다.

나는 어렸을 때부터 어떤 일을 도모하든 가장 중요한 건 사람이라고 생각해왔다. 12년 동안 반장을 하면서, 친구들의 리더 역할을 하면서 배운 지혜였다. 사람을 얻지 못하면 아무리 훌륭한 계획을 세우고 굳은 의지를 갖고 있다 한들 목표에 도달하기 힘들다. 어떤 일에서든 가장 중요한 일이지만 그만큼 힘든 것도 사람을 얻는 일이다.

사람을 얻기 위해서는 솔직하고 순수한 마음으로 다가서야한다는 것도 알고 있었다. 물론 사리사욕으로 움직이는 사람도 있지만 결국 사람들은 진심에 움직인다. 순수한 진심에 감동받지 않는 사람은 없다. 내가 갈등을 해결하는 방법도 늘 그랬다. 어떤 하나의 목표를 두고 의견을 하나로 모으기란 너무나 어렵다. 사람마다 생각이 다르고 성격도 다르기 때문이다. 그때 리더의 역할은 서로 다른 방향을 보는 사람들을 잘 이해시키고 다독여 서로 손잡고 같은 방향을 보게 만드는 것이다.

## "학교를 살려야 한다!"

이사장이 되어야 한다는 사명감이 들었을 때, 나는 이사회에 속한 이사 한 명 한 명을 찾아다녔다. 그들의 동의를 얻어야 했다. 교수협의회 회장과 노조위원장에게도 사심 없이 도움을 청했다. 그들을 만날 때마다 나는 이렇게 말했다.

"지금 우리 학교가 이렇게 무너지는 걸 보고만 계실 건가요? 학교를 정상화시키고, 더불어 더 크게 발전시켜야 합니다. 그게 우리가 사는 길이고 학교를 살리는 길입니다. 도와주세요. 정말 최선을 다해, 제 모든 것을 바쳐 학교를 일으키겠습니다."

내가 이사장에 취임하고 싶어 한다는 소문은 삽시간에 퍼졌다. 기자들은 매일 찾아와 나에게 인터뷰를 요청했다. 추측성 기사들이 연일 매스컴을 장식했다. 이해할 수도 있다. 유명 대학 재단을 설립자의 직계자손이 아닌 며느리가 학교를 운영하려 한다? 매스컴에 쓰기 좋은 극적인 스토리 아닌가. 피 한 방울 섞이지 않은 며느리가 직계자손들을 제치고 이사장이 되려 한다니 누구나 나를 욕심 많은 여자라고 손가락질할 만한 일이었다.

내 사생활도 사람들의 입에 오르내렸다. 스물세 살에 결혼해서 서른 살에 과부가 된 여자, 요절한 남편의 아이를 아버지 없이 시어머니와 키운 여자 운운하는 드라마 속 비련의 여주인공 같은 사연은 사람들 입방아에 수도 없이 오르내렸다.

나를 음해하고 이상한 소문을 내는 사람도 많았다. 확인되지 않은 거짓이 진실이 되고, 그 거짓된 진실을 믿고 손가락질을 하고, 시동생 내외의 무서운 질투와 음험한 시선들이 내 등에 날아와 꽂혔다. 내 편은 아무도 없는 것 같았다.

하지만 그럴수록 나는 강해졌다. 강해져야 했다. 진실이 아닌 말에 휘둘려 감정적으로 대응하고, 그런 말에 쓰러져 대의를 희생할 나약한 마음이었다면 애초에 시작조차 하지 않았을 것이다. 그럴수록 나는 더 꿋꿋하게 대응했다.

변명할 필요도 없는 소문에는 침묵했고, 대신 왜 내가 학교

두렵다고 해서 학교를 방치해둘 수는 없었다. 용기를 내야 했고,

나와 뜻을 같이하는 사심 없는 사람들과 힘을 합쳐 학교를 다시 일으켜 세울 자신이 있었다.

의 이사장이 되어야 하는지에 대해 열심히 이야기했다. 사람들을 한 명 한 명 만나 설득하고 이해시켰다. 내 의지를 보여주고 내가 꿈꾸는 대학의 이상을 들려주었다.

만나지 못하거나 만나기 어렵거나 만나주지 않으려는 이사는 집으로 직접 찾아가기까지 했다. 어떤 날은 택시를 타고 가 이사님의 집 앞에서 대기하고 있다가 새벽 5시 창문에 불이 켜진 순간 문을 두드렸던 적도 있다.

"아니, 대체 이게 무슨…. 이 새벽에…."

그때 그 이사님은 벌어진 입을 다물 줄 몰랐다. 나는 양해를 구하고 겸손한 태도로 내 의지를 피력했다.

"이사님, 학교를 살려야 합니다. 저에게 맡겨주세요. 이사님들과 함께 학교를 다시 일으키고 싶어요. 저를 믿어주세요. 절대 실망시키는 일은 없을 겁니다."

세상 그 무엇도 진실의 힘을 이길 수는 없다. 날 무시하고 거칠게 몰아세웠던 사람들도 내가 왜 그토록 이사장이라는 자리에 사활을 걸고 있는지 진솔한 이야기를 듣고는 태도를 바꿨다. 저런 마음이라면, 저런 열정이라면 맡겨도 되겠다고 마음을 바꾼 사람들이 정말 많았다.

마음이 바뀌자 그들은 최선을 다해 내게 도움을 주었다. 내가 할 수 있는 단 한 가지는, 사람들에게 나를 알리고 나의 진심을 전하는 것뿐이었다.

## 진심으로 소통했기에 가능했던 이사장 취임

　이사회의 투표를 거쳐 상임이사가 된 나는, 2001년 마침내 이사장에 취임했다. 시아버지가 돌아가신 지 29년 만에, 남편이 세상을 떠난 지 23년 만의 일이었다. 그리고 내 나이 지천명을 넘긴 때였다.

　"축하드립니다, 이사장님. 그렇게 열정적으로 뛰셨으니 뭐라도 하시겠다 했어요. 이제 한배를 탔으니 잘 부탁드립니다. 힘껏 돕겠습니다."

　많은 사람들이 축하 인사를 건넸다. 여전히 뒷말하는 사람도 많았지만 그보다 더 많은 사람들이 박수를 쳐주었다. 나에 대한 기대감이 눈빛과 표정에서 읽힐 정도였다. 교육계에 한 번도 몸담아 본 적 없던 사람, 설립자의 직계자손이 아닌 사람, 전문 경영인이 아닌 사람, 화가면서 30년 넘게 가정주부로 살아왔던 사람. 그런 나를 향했던 날카롭고 매서운 눈빛들이 나에 대한 신뢰와 지지로 바뀐 것이다.

　돌아보면 그때 나는 정말 아무것도 없었다. 작은 회사라도 운영해본 경영자로서의 경력이 있는 것도 아니었고, 하다못해 경영학을 전공한 것도 아니었으며, 최소한 사회생활이라도 오래 해본 적 없는, 그야말로 여성이자 어머니, 화가라는 타이틀만 가지고 있는 지극히 평범한 사람이었다. 그러니 많은 사람들이 반대하고 거부하고 의심했던 것도 어쩌면 당연한 일이다. "대학 이사장은 아무나 하나? 겁이 없어도 너무 없군"이라며 한심해하는 사람들도 숱하게 보았다. 모두 맞는 말이다.

솔직히 나도 그런 마음이었다. 내가 할 수 있을까 스스로를 의심한 적도 있었다. 하지만 두렵다고 해서 시아버지와 남편의 온 생애가 깃든 학교를 방치해둘 수는 없었다. 두려워도 용기를 내야 했고, 나와 뜻을 같이하는 사심 없는 사람들과 힘을 합쳐 학교를 다시 일으켜 세울 자신도 있었다. 많은 사람들의 음해와 공격이 있을 때 나는 오로지 한 사람만 생각했다. 시아버지 유석창. 이상하게 남편보다 시아버지가 더 많이 떠올랐다. 힘들 때마다 아버님을 떠올리며 마음속으로 되뇌었다.

'아버님, 제가 반드시 학교를 일으키겠습니다. 나중에 하늘나라에서 아버님을 뵈었을 때 아버님이 저를 반갑게 안아주시며 '그래, 우리 맏며느리 최고다, 정말 잘했다'라고 말씀해주실 수 있게 제 모든 것을 바쳐 일하겠습니다. 지켜봐주세요.'


## 내 운명 속으로


인생은 참으로 알 수 없다. 꿈 많고 욕심 많았던 내가 모든 것을 포기하고 한 남자에 대한 사랑만 믿고 스물셋에 결혼할 줄 누가 알았을까. 그렇게 콧대 높고 곱게만 자란 부잣집 딸이 서른에 남편을 잃고 아이 둘을 키우게 될지 어찌 알았을까. 그리고 지천명을 넘겨 대학교 이사장이 될 줄은 또 그 누가 알았을까. 인생은 나의 의지로는 되지 않는 일들이 너무 많다. 그것도 예상하지 못한 순간에 불현듯.

하지만 인생은 또한 내 의지대로 할 수 있는 것도 있다. 변변한 사회생활도 해보지 않은 여자, 아이들만 의지 삼아 살아왔던 여자가 어느 날 학교를 살려야겠다는 사명감 하나로 한 대학의 이사장이 되기까지는 내 열정과 의지가 지지대 역할을 했다. 발바닥이 아프도록 뛰어다니고 손바닥이 아프도록 사람들을 만나 악수를 나눈 노력으로 이룬 결과였다.

운명과 의지가 뒤섞여 하나의 인생이 된다. 불행과 행복이 뒤섞여 하나의 인생이 된다. 나는 손써볼 수 없는 운명의 긴 터널을 지나 내가 좌우할 수 있는 의지의 세계에 섰다. 남들은 은퇴하여 가족과 시간을 보낼 나이에 나는 새로운 인생을 시작했다. 불안하고 고독한 날들이었지만 그 또한 잘 이겨낸다면 보람과 기쁨으로 나에게 돌아올 새로운 시작. 이사장이 된 날, 나는 생각했다. 인생은 살아봐야 하는 것이라고.

# 감성 리더로
# 다시 태어나다

20년 넘게 주부로 살았던 사람, 경영학을 전공하지 않은 사람, 설립자의 직계손이 아닌 사람, 그림 그리는 여자…. 내가 이사장이 됐을 때 사람들은 내게 이런 꼬리표를 붙이며 나를 폄훼하거나 선입견을 가지고 바라보았다. "얼마나 잘하는지 보자" 하는 날선 시선을 느낄 수 있을 정도였다. 하지만 내가 하겠다고 결정한 일이었고, 수많은 사람들의 도움으로 이사장이 되었으니 무소의 뿔처럼 단단하고 거침없이 나아가야 했다.

# 무소의 뿔처럼 단단하고 거침없이

나는 경영을 배운 적도 없고 경험해본 적도 없었지만 나에게는 본능적으로 체득하고 있는 리더십이 있었다. 제대로 된 리더가 되기 위해서는 무엇이 필요한지도 잘 알고 있었다. 사람의 마음. 나는 이것이 경영에서 가장 필요하고 중요한 일이라고 생각했다. 대학 경영도 마찬가지였다.

모든 결정은 최종적으로 내가 내리지만 그 결정을 내리기까지 생각이 다르고 성격이 다른 사람들의 의견을 모으고 그들의 지지를 끌어내기 위해서는 그들의 마음을 먼저 얻어야 했다. 학교 경영에 참여하는 사람들은 물론이고 학생들을 가르치는 교수와 학교를 대표하는 총장까지 이사장을 중심으로 똘똘 뭉쳐야 학교가 성장할 수 있다고 생각했다.

학교가 바뀌려면 오래된 제도와 체제를 모두 뜯어고쳐야 했다. 하지만 그 과정에서 다른 사람들의 의견을 싹 무시하고 내 생각대로만 밀고 나가면 안 된다. 그러면 사람을 잃는다. 내가 제안하고 결정도 내가 내리지만 그와 관계된 많은 사람들을 존중해야 한다.

만약 그들과 논의를 했는데도 뜻이 맞지 않을 때는 리더에게 결정권이 있고, 그러다 보면 구성원의 의견과 다른 결정을 내려야 할 때도 있다. 하지만 그런 정반대의 결정을 내린다 하

조직의 구성원들은 리더의 진정성을 잘 포착한다.
리더가 진심으로 이 조직의 발전을 위해 일하고 있는지,
아니면 자신의 사리사욕을 채우기 위해 일하고 있는지 누구보다 잘 안다.

더라도 결정 과정에서 그들의 이야기를 들었느냐 듣지 않았느냐, 그들을 존중하는 태도를 취했느냐 취하지 않았느냐는 천지 차이의 결과를 낳는다. 리더가 자신의 생각과는 다른 결정을 내렸다 하더라도 그 과정에서 자신의 의견과 커리어가 존중받았다는 느낌이 든다면 구성원들은 리더의 결정을 이해하고 받아들인다. 그것이 사람을 얻는 것이다.

조직의 구성원들은 리더의 진정성을 누구보다도 잘 포착한다. 리더가 진심으로 이 조직의 발전을 위해 일하고 있는지, 아니면 자신의 사리사욕을 채우기 위해 일하고 있는지 누구보다 잘 안다. 나는 이사장이 되는 순간, 오직 학교만 생각했다. 시아버지와 남편의 이름에 먹칠하지 않는, 나중에 하늘나라에서 그들을 만나더라도 부끄럽지 않은 학교를 만들고 싶었다. 그러니 나의 명예욕이나 권력욕을 충족시키기 위해 일할 수는 없었다.

구성원들은 그런 나의 진정성을 보았고 그런 나를 믿어주었다. 물론 사람마다 보는 시선이 다르다. 누군가에게 나는 진취적이고 적극적인 리더일 수도 있지만, 다른 누군가에게는 불도저 같은 독재자였을 수도 있다. 중요한 것은 구성원들을 존중하긴 해야 하지만 그들의 눈치를 보고 그들의 마음에 들고자 굽실거리면 안 된다는 점이다. 나는 학교를 운영하는 데 필요한 인력의 전문성과 커리어를 인정했지만 그들의 수백 가지 입맛을 맞추려고 노력하지는 않았다. 그럴 수도 없었다.

# 학교를 위한 일이라면

나는 오로지 이 일을 추진해서 학교에 이익이 될 것인가 아닌가를 판단의 가장 큰 기준으로 삼았다. 내가 할 수 있는가 없는가, 사람들이 이 일을 어떻게 평가할 것인가에 대한 생각은 아예 하지 않았다. 학교에 이익이 되면 추진했고 별 이득이 없다면 하지 않았다. 매우 단순한 생각이었지만 이것만큼 어려운 일도 없다. 그런 기준이 서다 보니 온갖 일에 다 개입해야 했다.

이사진, 교수, 총장을 영입할 때는 물론이고 교수들과의 친분을 위해 그들과 많이 접촉했다. 교내 행사나 각종 사업 진행 상황도 일일이 보고 받고 확인했다. 처음 하는 일이라 잘 모르거나 어떻게 판단을 내려야 할지 어려울 때는 그 방면의 전문가나 경력자를 찾아가서 거침없이 물어보고 많이 들었다.

전문가를 기용하는 데도 아낌없이 투자했다. 모든 일은 인간이 하기 때문에 사람을 잘 쓰는 것은 무척 중요하다. 특히 교수와 총장 영입에 심혈을 기울였다.

사람을 볼 때 가장 중요하게 생각한 것은 인성이었다. 실력은 기본 스펙이었지만 그만큼 인성을 중요하게 여겼다. 인성이 좋지 않은 사람은 어떤 식으로든 꼭 사고를 일으키기 때문이다. 좋은 인성을 가진 사람이 성실하게 자신의 일을 잘해낸다는 것이 나의 신념이다.

교수를 영입할 때도 그 점을 중요하게 평가했다. 얼마나 좋은 학교를 나왔느냐보다 더 가치 있다고 생각한 것은 그 스펙을 얻고 난 뒤의 행적이었다. 학위를 받은 뒤 어떤 논문을 썼고, 얼마나 꾸준히 썼고, 얼마나 성실하게 연구 업적을 쌓았느냐가 화려한 스펙보다 나에게는 훨씬 중요했다. 자신의 스펙에 취해 오만불손하고 다른 사람을 무시하고 이기적으로 구는 사람은 아예 처음부터 곁에 두지 않았다.

그러다 보니 교수든 이사든 총장이든 면접을 여러 번 봤고, 훌륭한 인재라 판단되면 투자를 아끼지 않았다. 그런 인재들이 마음 놓고 연구하고 학생들을 교육할 수 있도록 연구 환경을 개선하고 자주 교류하면서 그들의 고충과 계획을 들었다.

## 참는 것이 곧 이기는 길

사람이 사람을 평가하고 고용하고 그들과 함께 간다는 건 세상에서 가장 힘든 일 중 하나다. 그 과정에서 구설도 많고 잡음도 많이 난다. 한 가지 사건을 두고도 100가지 이야기가 존재할 만큼 사람은 자기 방식대로 세상을 본다. 그래서 힘들고 고단하고 어려운 길이지만 감수해야 한다.

대의를 위해서는 소의를 희생할 수밖에 없는 것이 큰 조직

사람을 볼 때 인성을 가장 중요시한다.
좋은 인성을 가진 사람이
성실하게 자신의 일을 잘해낸다는 것이 나의 신념이다.

의 리더가 가진 숙명이다. 구설수가 들리고 온갖 잡음으로 주위가 시끄러울 때도 참아야 한다. 화가 나더라도 감정적으로 접근하기보다는 어떻게 이 일을 해결할 것인가 이성적으로 숙고해야 한다.

그러다 보니 참고 사는 것에 익숙해졌다. 머리끝까지 화가 나고 억울해도 화를 내거나 감정을 마음껏 분출할 수 없었다. 개인적인 감정을 일에 개입하지 않고 초연해야 했다. 그게 이기는 길이었다. 학교를 위해서, 나를 위해서, 조직을 위해서, 내가 하는 일을 위해서 참는 법을 배웠다.

처음에는 괴롭고 고통스러웠지만 결국에는 진심을 알아주는 일이 많았다. 일단 시작한 일은 어떤 일이 있어도 후회하거나 포기하지 않는 것. 그것이 내가 이사장으로 재직하면서 지켜나간 가장 중요한 경영방침이었고 구성원들은 그런 나를 믿고 따라왔다.


## 힘든 일은 있어도 안 되는 일은 없다


그렇게 몇 년을 일에 파묻혀, 오로지 사명감과 책임감 하나로 일하다 보니 경영 방식을 조금씩 깨우치기 시작했다. 사람들은 내게 경영 감각이 있다고 평가했지만 그런 감각은 어느 날 불현듯 떠오르는 것이 아니라 꾸준한 관심과 관찰에서 비롯되는 것이다.

사랑하면 보인다고 했던가. 학교를 바라보고 생각하고 찾아보고 공부하다 보면 내가 무엇을 해야 하는가가 보인다. 열심히 하면 결과는 나온다. 느릴 수는 있어도 언젠가는 결실을 맺는다. 그런 마음으로 학교를 경영하다 보니 하나둘 눈에 띄는 성과가 나타났고, 직원들은 나를 신뢰했다.

물론 여전히 날카로운 시선으로 나를 끌어내리고 싶어 하는 사람도 많았다. 그런 아수라장 속에서도 내가 버틸 수 있었던 건 부정적인 말에 귀 기울이기보다 긍정적인 말에 초점을 맞추고 그로부터 원동력을 얻었기 때문이다. 부정적인 말과 시선에 초점을 맞추면 자신감도 자존심도 낮아질 수밖에 없다. 하지만 긍정적인 말과 시선에 귀를 기울이면 그 따뜻한 에너지가 나를 채우면서 무엇이든 할 수 있을 것 같다는 자신감이 생긴다. 미움보다는 사랑이, 의심보다는 믿음이 굳건해지면서 긍정적인 에너지가 발산된다.

그러면 안 되려던 일도 잘될 수밖에 없다. 설령 생각했던 것만큼 성과가 없더라도 나를 과하게 탓하거나 주위에 책임을 전가하면서 자신을 보호하려는 비겁한 상황을 만들지 않는다. 다시 하면 된다고, 지금의 실패가 성공의 이유가 될 것이라고 생각하기 때문이다. "저 사람이 하면 뭔가를 해내도 해낸다"는 말이

들려왔고, 그런 기대와 신뢰가 나에게 강한 에너지를 주었다.


## 편견을 넘어서

나는 쉰 살이 넘어 이사장이 되었다. 이사장을 하기엔 젊은 나이일 수 있으나 그럼만 그렸지 사회생활을 거의 해본 적 없는 주부가 이사장이 되기에는 너무 늦은 나이일 수도 있었다. 그러니 나라고 왜 두려움이 없었겠는가. 하지만 나는 나이를 생각하지 않았다. 너무 이르다거나 늦다거나 하는 세상 사람들의 나이에 대한 편견에 갇히지 않았다.

나의 커리어도 생각하지 않았다. 경영학을 전공하지 않았다거나 사회생활을 거의 해본 적 없다는 자기 한계를 두지 않았다. 여자라거나 창립자의 며느리라는 조건도 생각하지 않았다. 여자나 며느리라고 해서 경영 일선에 서지 말라는 법이 없다.

그리고 그런 나의 조건이 특혜가 되지 않도록 최선을 다했다. 나는 사람들이 '이래야 한다'거나 '이런 게 좋다'고 말하는 모든 조건에서 벗어난 사람이었다. 하지만 그 모든 자격과 조건에 구애받지 않고 성과를 일구었고 학교의 위상을 다시 세웠다. 그것이 곧 나의 자부심이자 자존심이다.

나는 인생을 두 번 산 듯한 느낌이 든다. 한 번은 평범한 김

216

경희로, 또 한 번은 리더 김경희로. 누구나 리더가 될 수는 있지만 좋은 리더가 되기는 어렵다. 물론 나도 좋은 리더였다고 자신 있게 말할 수는 없다. 하지만 한 가지 확실한 것은 좋은 리더가 되기 위해 노력했다는 점이다.

좋은 리더의 힘은 자신이 세운 원칙에 예외를 두지 않고 공정하고 흔들림 없이 추진할 때 온다. 무엇이 우선순위가 되어야 하는지 생각하고 그것을 성취하기 위해 조직원들의 힘을 아우를 수 있을 때 온다. 그 마음이 조직원들에게 전해졌기에 남들이 다 안 된다고 했던 것도 이루어낼 수 있었다.

## 나만의 감성 경영

나는 이사장으로 재직하면서 단 한 번도 '아이고, 힘들다. 이걸 내가 왜 한다고 했을까? 적당히 하다가 그만둬야지' 하는 생각을 해본 적이 없다. '버거워도 헤쳐나가야지. 하면 되겠지, 안 될 게 있겠어' 하는 마음으로 일했다. 그런 순수한 마음이 다른 사람의 도움을 이끌어내는 힘이었다.

언제가 삼성경제연구소에서 나의 리더십에 대해서 인터뷰해 연구 발표한 적이 있는데 나의 경영 스타일을 보고 '감성 경영(Emotional management)'이라고 평가해주었다. 예술이라

나는 인생을
두 번 산 듯한 느낌이다.
한 번은 평범한 김경희로,
또 한 번은
리더 김경희로 말이다.

는 감성과 경영이라는 이성이 하나의 조화를 이루어 리더십을 만들어낸다고 하니 기분 좋은 말이다. 그리고 내 경영 스타일을 정의해야 한다면 그 말이 가장 적합하다고 생각한다.

사람들은 이성이 감성보다 앞서는 가치라고 생각하곤 한다. 상대를 비난할 때 "넌 너무 감성적이야"라고 비아냥거리기도 한다. 하지만 '감성'은 나쁜 것, 이성보다 아래에 있는 개념이 아니다. 모든 인간은 감성으로 움직이고 감성으로 뭉친다. 사람이 이론과 이성으로만 무장하고 있다면 인간을 위한 결정과 판단을 내리지 못한다. 결국 사람이 하는 일이고, 사람을 위한 일이며, 더불어 잘살기 위한 것이 경영 아니던가.

내가 생각하는 경영의 정의가 경영학 박사나 경영의 귀재의 눈에는 프로페셔널하게 보이지 않을지도 모른다. 하지만 나는 여전히 나의 감성 경영이 우리 학교를 이만큼 성장시킨 동력이었다고 생각한다.

여전히 나는 사람에 의지한다. 사람에게 배신도 많이 당했지만 여전히 사람을 사랑하고 신뢰한다. 그것이 내가 살아온 인생을 지탱한 힘이었다.

# 최고와 최선의 마음으로
# 흔들림 없이

학교 이사장으로 있던 17년 동안 되돌아보면 일한 기억밖에 없다. 여기저기 뛰어다니면서 사람 만나고 설명하고 설득한 기억들. '발바닥에서 땀이 난다'는 말이 있는데 정말 그 말이 어떤 뜻인지 체득한 시간이었다.

## 병원 재건립과 의과대학의 혁신적 성장을 목표로

내가 이사장이 되기 전 건국대학교의 가장 큰 과업 가운데 하나가 병원을 짓는 일이었다. 내가 이사로 있을 때부터 의대생과 학부모들이 병원 건립을 강력하게 요구했다.

우리 학교 의대생들은 매우 우수한 인재들이었다. 수능 시험 성적도 그랬지만 좋은 의사가 되고 싶다는 열망도 대단했다. 그런데 병원 시설이 너무 낙후되고 제대로 홍보도 되지 않고 교육도 지지부진하니 항의와 건의가 빗발쳤다. 내가 이사장이 되고 나서는 그 기세가 더 세졌다. 오랫동안 학교에 요구해왔지만 아무도 나서주지 않았기 때문이었다. 좋은 인재만 있으면 무엇하겠는가. 그들을 제대로 쓸 수 있어야 한다.

나는 이사장이 되자마자 병원 재건립과 의과대학의 혁신적인 성장을 가장 큰 목표로 삼았다. 어느 대학이든 의대가 제몫을 해야 학교의 브랜드 가치가 높아진다. 게다가 좋은 인력을 이렇게 활용하지 못한다는 것 자체가 국가적 손실이었다.

하지만 돈이 문제였다. 내가 이사장이 되었을 때 학교 재정은 거의 바닥이었다. 등록금으로 겨우 유지하고 있는 상황이었다. 건국대학교 재단에는 중고등학교와 대학도 있지만 건국유업 등 사업체도 있다. 이런 수익 사업체를 내실 있게 경영해서 재원을 마련해 그것을 대학에 투입해야 학교가 성장하는 것이다. 하지만 당시 건국대 산하 사업체는 큰 이익을 내지 못하는 상황이었다. 이런 재단의 내부사정을 의대생들이나 학부모들은 알 길이 없었다. 그들은 학교를 점거하면서까지 병원 건립과 의대 지원을 요구했다.

나는 그런 그들에게 확실하게 약속했다. 나를 믿어달라고, 반드시 건국대학교 병원을 대한민국 최고의 병원 가운데 하나로 만들겠다고. 학생들과 학부모들은 내 약속을 믿고 1년에 걸친 거센 항의 집회를 거두었다.

나는 우선 학교 법인과 산하 사업체의 재정 조건을 면밀히 분석하고 평가했다. 그동안 어떤 부실 경영 때문에 최고 수익을 내지 못했는지 따져보았다. 그렇게 분석해서 나온 결과를 바탕으로 사업 계획을 재수립했으며 체제를 혁신했다. 그렇게 산하 사업체에서 안정적인 재정 수익이 발생해야 그 재정을 학교에 투입할 수가 있다. 하지만 그 변화가 빨리 올 수는 없었다. 그렇더라도 학생들과 학부모에게 해놓은 약속은 있으니 무엇이든 하긴 해야 했다.


## 무작정 토목공사부터 해버리다


나는 배짱 있게 덤벼들었다. 우선 토목공사부터 시작하기로 한 것이다. 애타게 기다리고 있는 학생들과 학부모들을 안심시키고 싶었다. 나의 이런 결정에 학교 관계자들과 이사진, 직원들까지 전부 기겁을 했다. 그동안 수많은 요청과 요구가 있었음에도 병원 건립에 선뜻 나설 수 없었던 것은 다 이유가 있다는 것이었다.

"지금 학교 재정으로는 턱도 없는 일입니다."

"병원 하나 짓는 데 돈이 얼마나 많이 드는지 아십니까? 이건 무모한 결정입니다."

"다시 생각해주세요. 이러다 학교 다 망합니다."

모두가 말렸다. 정말 단 한 사람도 나의 계획에 동의하지 않았다. 하지만 나는 의대가 살아야 학교가 산다는 절박함이 있었고 의대를 되살릴 복안이 있었다.

"절 믿어주세요. 무슨 일이 있어도 성공시킬 겁니다. 제 직을 걸고 추진하겠어요."

지금 생각해도 대단한 배짱이었다. 하지만 나는 할 수 있다고 생각했다. 최고급 시설에 최고급 의료진이라면 안 될 일이 없었다. 더구나 죽기 아니면 까무러치기라고 마음잡고 덤비는데 못할 일이 무엇일까 싶었다.

토목공사를 시작하면서 병원 부지로 허가 받고 설계도 시작했다. 설계에 들어갔는데도 관계자 99퍼센트가 반대했다. 그러다 보니 그들은 뭐든 작게, 소규모로 하자고 했다. 병원 건물도 최대한 작게, 부속 건물도 가장 돈이 적게 들게 만들자고 했다. 물론 그들의 심정도 이해가 됐다. 한두 푼으로 할 수 있는 일이 아니기에 누구든 겁을 먹었을 것이다.

나는 배짱 있게 밀어붙였다.
그것이 학교를 위하는 일이고,
당연히 학교를 살리는 일이었기 때문이다.

# 랜드마크가 된 '더샵 스타시티'

안정적으로 재정을 뒷받침해줄 확실한 사업 수익이 있다면 더 훌륭한 건물을 짓고 최신식의 장비를 들여놓을 수 있었다. 그때부터 사업 구상에 들어갔다. 어떤 사업을 하면 안정적인 수익을 창출할 수 있을까. 그때 머릿속에 떠오른 것이 주상복합 아파트와 시니어들만의 고급 주거 공간이었다. 최고급으로 제대로 지으면 수요가 있을 거라는 확신이 들었다.

돈보다 편의성과 프라이버시를 중요하게 여기는 사람들이 많아지는 추세였다. 학교 체육시설 부지였던 자양동이 적합해 보였다. 강남과 강북을 잇는 입지인 데다 그 주변에 최고급 주상복합 아파트가 없던 터라 승산이 있어 보였다.

이 과정에서 가장 어려운 것이 허가를 받는 일이었다. 교육용 부지인 야구연습장 부지를 주거지역, 준주거지역, 상업지역으로 바꾸는 것이 얼마나 어려운 일이던지…. 온 마음을 다해 뛰고 또 뛰어다니며 드디어 승인을 받아냈다.

즉시 공사에 들어갔다. 대학 재단이 진행하는 수익 사업이 잘되는 경우가 거의 없었기 때문에 그때도 수많은 사람들이 우려를 표했다. 하지만 나는 확신이 있었다. 사람들은 무모하고 겁이 없다며 혀를 찼지만 결과는 대성공이었다. 국내 최초로 쇼핑, 문화, 레저, 편의시설까지 한 단지 안에 갖춘 최고급 아파트와 시니어를 위한 주거 공간인 더클래식500에는 유명인들의 입주가 잇달았고, 그 입소문으로 아파트 주가는 급상승했다. 누구나 한번 살아보고 싶은 꿈의 아파트 '더샵스타시티'의 탄생은 그렇게 알려졌다.

'스타시티'는 건대입구 이미지를 변화시키는 기폭제 역할이 되었다. 젊은이들이 모여들었고, 거주와 엔터테인먼트를 한곳에서 해결할 수 있는 복합문화공간이 된 것이다. 이렇게 타 지역 사람들이 찾아오는 공간이 되면서 그 일대는 젊음과 활기가 넘쳤다. 주변 사람들은 '자양동 일대가 이렇게 바뀔 줄이야' '건대가 이런 대단한 일을 해냈다고?'라며 의문과 찬사를 보내주었다.

그런 입소문은 기자들의 기사거리가 되었고, 매일 기자들 인터뷰에 답변 하느라 하루가 너무 짧았다. 찾아오는 기자들마다 "이사장님은 여대장부 같으세요. 어디서 그런 에너지가 나오는 거예요?"라며 기분 좋은 질문을 건네주었고, "나는 뭐든지 한다고 하면 최고로 잘 해내고 싶어요. 내 자존심이 허투루 하는 걸 용납하지 않아요"라고 내 포부를 당당히 밝혔다.

무모하게 시작했지만 빛나는 성과를 준 '스타시티'는 3천 억이상의 수익이 창출되었고, 나는 지체 없이 그 수익 전부를 대학 발전과 병원 설립에 투자했다.

나는 뭐든지 한다고 하면 최고로 잘 해내고 싶다.
내 자존심이 허투루 하는 걸 용납하지 않으니까.

# 드디어 병원 개원

병원을 개원하기까지 내 손을 안 거친 곳이 하나도 없을 정도였다. 첫 삽을 떴을 때부터 건물 디자인, 의료진 영입, 심지어 로비에 거는 그림에까지 신경을 썼다. 전문가에게 맡기면 그만이었지만 그림을 공부한 사람으로서 의료진이나 환자들에게 좋은 그림, 심신의 안정이 될 그림이 무엇인지 잘 알았기에 그림 선택까지 일일이 내가 했다.

화가 지인들을 찾아가 그림을 부탁하기도 했다. 마음에 안 드는 그림이 오면 다시 그려달라고 정중히 부탁해서 반드시 내 마음에 드는 그림을 걸었다. 그렇게 하루도 쉬지 않고, 어느 것 하나 허투루 하지 않고 병원을 지었다. 지금 생각해도 정말 미친 듯이 병원에만 매달렸던 날들이었다. 그렇게 온 마음과 정성을 바친 끝에 2005년, 드디어 신축 병원이 개원되었다.

커팅식을 하는데 왈칵 눈물이 쏟아졌다. 인생을 살아오면서 그때처럼 감격스러웠던 적이 없었다. 수많은 반대와 비난을 무릅쓰고 밀어붙였던 사업이 눈부신 결실을 맺었다는 자체만으로 가슴이 벅찼다. 학생들과 학부모들은 물론이고 과정을 지켜보았던 지인이나 조직원들까지 너무나 감격스러워했고 기뻐했다. 그들은 나에게 우레와 같은 박수로 감사 인사를 전했다.

그들의 환희에 찬 표정이 나에겐 보상이었다. 깨끗하고 쾌적

한 최신식 시설로 재탄생한 병원을 보고 있자니 그야말로 감개
가 무량했다. 시아버지와 남편 생각이 간절했다.

'이 병원을 보시면 얼마나 좋아하실까. 대견하다고, 잘했다
고 어깨라도 두드려주실 텐데….'

그런 생각에 그리움이 물밀 듯이 밀려왔다. 두 분은 없었지
만 대신 수많은 사람이 감탄하고 놀라워하며 나에게 큰 박수를
보내주었다. 그 반응만으로도 너무 감사하고 뿌듯했다.

좋은 병원은 시설만으로 결정되지 않는다. 훌륭한 의사진이
헌신적으로 일을 해야 명성이 높아진다. 그래서 뛰어난 실력
을 가진 의사를 스카우트하는 일에도 직접 발 벗고 나서 뛰어
난 의료인을 대거 영입했다. 의대 교육에도 무척 신경을 썼고
전폭적인 지원을 아끼지 않았다. 그렇게 최고의 시설에 최고의
의료인들이 헌신적으로 진료를 하다 보니 병원의 명성은 순식
간에 높아졌다. 엄청난 수익을 내게 된 것도 감사했지만 무엇
보다 '좋은 병원' '좋은 의사가 친절하게 진료하는 곳'이라는 평
가가 가장 감사했다.


## 또 한 번의 도전, '더클래식500'


재단의 숙원 사업이었던 병원을 개원하고도 나는 쉬지 않았

지나친 불안감과 두려움은 될 것도 안 되게 만든다.
결정을 내린 순간부터는 절대 뒤돌아보며 흔들리면 안 된다.
나는 사업에 대한 확신도 있었지만 그런 생각으로
흔들림 없이 일했다.

다. 시니어들만을 위한 고급 주거 공간 '더클래식500' 건설에 착수한 것이다. 시니어들에게 안성맞춤인 주거 공간, 자녀들과 떨어져 안정적인 노후를 보내고 싶은 은퇴자들을 위한 주거 공간은 시대의 변화 속에서 반드시 필요하다고 생각했다.

'앞으로는 노령 인구가 폭발적으로 증가할 텐데… 하지만 더 이상 자녀와 함께 노후를 보내는 시니어들은 없지. 따라서 안전하고 편리한 실버타운은 앞으로 수요가 폭증할 거야.'

지체 없이 2005년에 착공을 했다. 시니어들의 행동 방식과 신체 조건을 생각하면서 그들에게 최고의 공간을 제공하기 위해 각 분야 최고의 전문가들과 함께 설계하고 공사를 했다. 스타시티의 성공 때문이었을까? 그때처럼 사람들이 발 벗고 나서서 말리지는 않았지만 '이번에도 과연 될까?' 의문을 표하는 사람이 많았다.

이젠 그런 주위의 우려에 흔들리지 않았다. 병원 신축이야 워낙 큰 사업이고 처음 진행하는 터라 엄청난 심적 부담이 있었고 스타시티도 마찬가지였지만, 두 사업에서 큰 성공을 거두고 보니 어떻게 사업계획을 세워야 하고 어떻게 진척시켜야 하며 그때 이사장이 할 일은 무엇인가에 대한 프로세스가 보였다. 자신감이 붙고 그러다 보니 확신도 생겼다. 재단 이사장이 그렇게 자신감을 보이니 직원들도 불안해하지 않았다.

큰 프로젝트일수록 그런 다부진 태도와 자신감이 필요하다.

신중해야 하지만 지나친 불안감과 두려움은 될 것도 안 되게 만든다. 결정을 내리기까지는 수많은 전문가의 의견을 듣고 직원들과 의논하고 합의를 이끌어내려 노력해야 하지만, 결정을 내린 순간부터는 절대 뒤돌아보며 흔들리면 안 된다. 리더가 그렇게 불안한 기색을 내보이면 주위의 모든 사람에게 그 감정이 전이된다. 나는 사업에 대한 확신도 있었지만 그런 생각으로 흔들림 없이 일했다.

2009년 '더클래식500'이 완공되었다. 매스컴의 집중 조명과 많은 사람들의 기대로 당시 2015년까지 입주율 90퍼센트를 넘어섰다. 2010년에는 한국지속경영평가원이 주관하고 국가브랜드위원회가 후원하는 '2010 대한민국 명품브랜드 대상'에서 시니어 주거서비스 부문 대상을 수상하기도 했다. 시대의 변화에 걸맞게 제대로 된 실버타운을 설립했다는 찬사가 곳곳에서 쏟아졌다.

사실 완공 전 2008년에 리먼브라더스 사건이 터졌다. 전 세계가 불황의 늪에 빠지다 보니 처음에는 고생도 많았다. 직접 나서서 홍보도 많이 하고 사람도 셀 수 없이 만났다. 시작을 내가 했으니 사업 성공도 내손에 달려 있다는 생각을 많이 했다. 그 과정에서 잇따른 잡음도 있었지만 나는 부끄러움 없이 일했다고 자부한다.

그 뒤로도 2012년에 고품격 레지던스호텔 '펜타즈', 골프장

'KU골프바빌리온'까지 오픈하면서 재단 산하 사업체는 엄청난 이익을 창출하는 안정적인 수익체로 자리 잡았다.

그렇게 창출한 수익은 모두 대학에 재투자했다. 의학전문대학, 예술대학도 그 이후 설립했다. 하지만 병원 개원만큼 자랑스러운 일은 2009년 로스쿨을 인가받아 법학전문대학원을 신설하게 된 것이다.

## 불가능 했던 로스쿨 인가를 따내다

사실 그때까지 건국대학교 법과대학은 많이 낙후되어 있었다. 투자를 안 했으니 당연한 일이었다. 그런 상황에서 로스쿨 인가를 받는다는 건 거의 불가능에 가까웠다. 사람들은 모두 나의 도전에 콧방귀를 끼었다. 난다 긴다 하는 대학들도 로스쿨 인가받는 데 어려움을 호소하는데 건국대학교가 무슨 수로 인가를 받겠다고 그 경쟁에 뛰어드느냐는 것이었다. 사실 로스쿨 인가 받기에는 건대가 많이 낮았다.

나는 대학이 성장하려면 이과 쪽에서는 의과대학이, 문과 쪽에서는 법과대학이 성장해야 한다고 믿었다. 의과대학은 성장 궤도에 진입했으니 이제 법과대학을 키울 차례였다. 그런 의지를 갖고 로스쿨 인가를 따내겠다는 일념으로 일에 몰두했다.

구두가 닳을 정도로 수많은 사람을 만나 조언을 듣고 의견을 청취하고 수많은 자료를 준비했다. 그 모든 걸 직원들과 함께 해나갔다. 어떤 사람들은 사업계획만 이사장이 세우고 나머지 세세한 실무는 직원들에게 맡겨야지 뭘 그렇게 일일이 검토하느냐고 나무랐다. 그럴 때마다 내 대답은 한 가지였다.

"이사장은 결정만 내리는 사람이 아닙니다. 결정을 내린 일이 물거품이 되지 않도록 헌신하는 것이 이사장의 역할이에요. 그게 직원들을 고무시키고 성공의 발판이 됩니다. 리더가 하지 않으면서 어떻게 다른 사람에게 일을 강요하겠어요."

나는 있는 정성을 다했다. 정말이지 간 쓸개 다 빼놓고 건대가 로스쿨만 되면 뭐든지 할 수 있다는 마음으로 했다. 내가 애쓰는 만큼 학교 관계자들과 실무진도 최선을 다했다. 마치 우리 대학의 사명은 로스쿨 인가에 있다고 생각하는 것처럼 온 재단 구성원들이 똘똘 뭉쳐 준비했다. 간절한 소원이 하늘에 닿았던지, 마침내 건대도 인가를 받았고 법학전문대학을 설립할 수 있었다.

# 나의 꿈,
# 나의 신념

　이사장으로서 길다면 긴 17년이었지만 그 시간 동안 이룬 일을 돌아보면 17년이 왜 1년 같았는지 알 것도 같다. 17년 동안 이사장으로 재직하면서 나는 일밖에 몰랐다. 일 자체가 좋아서가 아니라 어떻게 하면 건국대학교를 대한민국 최고의 사학 중 하나로 키울 수 있을까라는 생각밖에 없었고, 그러려면 내가 앞장서야 하기 때문에 일에 중독되었다.

　설립자의 며느리로서, 설립자 2대의 부인으로서 나는 그들 앞에 부끄러움 없도록 학교를 내 인생이라 생각하며 17년을 살았다. 수많은 사람들이 안 된다고, 불가능하다고, 그건 무리라고, 그러다가 큰일 난다고 반대하고 겁을 주고, 심지어는 협박까지 했지만 나는 단 하나 '건국대학을 최고의 사학으로 키우겠다'는 신념 하나로 그 모든 난관을 이겨냈다.

모두가 반대한다고 해도 내 마음이 고개를 끄덕이면 두려워 말고 나아가야 한다. 나를 믿고 이 일이 아니면 다 버린다는 무서운 각오로 덤벼야 한다. 그렇게 후회 없이 결정하고 시작했다면 설령 실패하더라도 다시 일어설 수 있다. 실패보다 더 두려운 것은 소신 없이 다른 사람의 말에 휘둘리는 심지 없는 삶이다. 나는 무슨 일이 있어도 할 수 있다고 생각했고 그 자신감 하나로 주위의 온갖 방해와 조롱에도 흔들리지 않았다. 그 굳건한 마음이 성공의 비결이라면 비결일 것이다.

## 건대가 나아갈 길

의학전문대학도 만들고, 로스쿨도 만들고, 예술대학도 만들고 하면서 학교가 나아가야 할 방향을 계속 생각하게 된다. 나는 뭔가 이뤄내야 할 목표가 있으면 그것에 올인해 버린다. 내 개인적 행복보다 이사장으로서의 삶이 더 나에게 성취감을 주고 행복하다. 주변에서는 "건대의 위상이 이사장님 덕분에 많이 높아졌어요." "시아버지 이후 제2의 최대 전성기를 맞고 있는 건대!"라고 말해줘 고맙지만, 내 이상은 더 높은 곳에 있다.

나는 우리 대학이 더 좋은 학교, 학생들이 오고 싶고 기업에서 모셔가고 싶은 인재를 배출하는 세계적인 명문대가 되었으면 한다. 지금 대학 순위로는 10위에서 15위 사이에 머물고 있는데 10위 내 상위권이 되었으면 한다. 롤모델로 싱가폴국립대학을 생각했다.

의과대학, 특히 병원은 미국의 메이오클리닉을 관심 있게 봤다. 병원장들에게 메이오클리닉을 벤치마킹하자고, 혁신을 해보자고, 우리도 메이오클리닉처럼 세계 각국에서 찾아오는 병원을 만들자라고 얘기하곤 한다. 그러기 위해서는 무엇이 필요할까.

병원을 더 확장하고 대학 순위 기준을 결정하는 요건들, 예컨대 교수들 논문 수나 연구비 따오는 것, 시설 늘리는 것 등 계속 새롭게 변화와 혁신을 해나가야 한다.

그리고 학교 리더인 총장은 이러한 것을 하나로 엮어내 최고의 퍼포먼스를 낼 수 있는 사람이어야 한다. 재단, 학교 이사진, 교수들, 학생이 모두 힘을 합쳐 건대가 나아갈 길이 빛나길 바라는 마음이다.

실패보다 더 두려운 것은
소신 없이 다른 사람의 말에 휘둘리는 심지 없는 삶이다.
나는 '건국대학을 최고의 사학으로 키우겠다'는 신념 하나로
그 모든 난관을 이겨냈다.

# 사람을
# 키운다는 것

사업의 목적은 최대 이윤을 창출하는 일일 것이다. 물론 일을 통해 자아를 찾는 사람도 있을 테지만 무엇보다 중요한 것은 수익을 내서 직원들 월급을 주고 다시 수익을 낼 아이템을 찾아 투자하는 일이다. 돈과 떼려야 뗄 수 없는 일이 경영자의 중요한 역할이다.

교육 사업도 최대한 많은 수익을 내야 하는 일임은 맞다. 그래야 학교 발전에 투자하고 그것이 곧 좋은 교육을 제공하는 일로 연결되기 때문이다. 재정적인 안정감이 떨어지면 학생들의 등록금에 의지해야 하는데 그렇게 되면 학교 발전은 정체되고 심지어는 낙후될 수밖에 없다. 풍족한 재정 여유가 교육의 질을 높이고 더불어 학교의 발전을 촉진시킨다.

그러나 비즈니스와 교육은 그 이념이 다르다. 뉴스를 보면 사학재단의 비리와 이에 분노하는 시민들의 목소리를 듣곤 한다.

"애들 상대로 돈 벌 생각이었으면 장사를 해야죠."

"교육은 수익 사업이 아니라고 생각합니다. 교육자다운 마인드가 가장 중요하다고 생각해요."

물론 교육 사업도 수익을 내야 한다. 먹고사는 문제에서는 사학 재단도 예외가 아니다. 하지만 학부모들의 분노에 공감하는 부분도 있다. 교육 사업은 어느 정도 헌신이 필요하다는 그 말. 교육 사업은 권력이나 부가 아니라 명예를 보고 운영해야 한다. 내가 잘 먹고 잘살기 위한 목적이 제일 앞에 서면 그 순간, 학교는 몰락한다.


## 왜 교육 사업을 하는가


교육 재단 운영에는 남다른 사명감과 책임감과 절제력이 필요하다. 이것으로 돈을 많이 벌어 떵떵거리면서 살겠다는 욕망이 아니라, 이 돈으로 더 좋은 교수를 영입하고 더 좋은 학생을 선발하고 학생들이 그 어디에서보다 쾌적한 환경에서 시대를

교육 사업도 수익을 내야 하지만

내가 잘 먹고 잘살기 위한 목적이 제일 앞에 서면 그 순간 학교는 몰락한다.

교육 사업은 권력이나 부가 아니라 명예를 보고 운영되어야 한다.

앞서간 연구를 할 수 있게 최고의 시설을 제공하겠다는 의욕이 있어야 한다. 그건 단순히 나의 재단을 이름 높이겠다는 야심이 아니라 나라의 인재를 키워내는 데 보탬이 되고 싶다는 대의가 있어야 가능하다.

독립운동가들을 보며 자란 시아버지가 광복된 나라에 대학을 세우겠다고 결심한 이유도 아이들을 가르치는 일이 나라에 대한 애국이며 미래에 대한 투자라고 생각하셨기 때문이다. 그런 큰 뜻을 품었기에 당신의 사리사욕을 채우지 않으셨던 것이다. 옷을 사는 일도, 맛있고 비싼 음식을 먹는 일도, 집 안을 치장하고 넓히는 일에도 눈곱만큼의 관심이 없으셨던 시아버지. 살림을 할 때는 그런 아버님이 답답하고 안타까웠지만 그런 마음으로 학교를 운영하셨기에 학교의 설립 이념이 변질되지 않았던 게 아닐까 싶다.

나는 무너지는 학교를 보며 내 힘을 다 바쳐 이 학교를 일으켜 세울 수 있다면, 다시 학교의 명성을 드높일 수 있다면 더 바랄 것이 없다고 생각하며 학교 운영을 맡았다. 그 과정에서 많은 시행착오를 겪었고 수많은 구설에 오르내리기도 했다.

그래도 변하지 않는 단 한 가지는 아버님이 대학을 세우겠다는 의지로 첫 삽을 떴을 때의 마음, 그 첫 마음을 반만이라도 닮았으면 좋겠다는 생각이었다. 아버님이 대학을 설립하셨을 때와 지금은 시대가 많이 변했다. 폐허가 된 조국에 조금이라도 보탬이 되고 싶다는 아버님의 간절한 바람은 지금 이 시대엔 맞지 않는 흘러간 이념이 되었다. 하지만 아이들의 잠재력을 깨워서 훌륭한 인재로 키워내야 한다는 사명감 하나는 그때나 지금이나 똑같다.

## 아름답고 무한한 가능성의 젊은이들

이사장실에 앉아 교정을 내려다보면 그렇게 눈부실 수가 없다. 그 눈부심은 학생들에게서 온다. 인생의 가장 아름다운 시기인 이십 대에 자신의 아름다움을 마음껏 뿜어내고 있는 학생들을 보고 있으면 그들이 곧 미래라는 생각이 든다. 젊음은 그 자체로 아름답고 무한한 가능성을 가지고 있다.

물론 지금 학생들은 많은 어려움에 직면해 있다. 대학에서 아무리 공부를 열심히 하고 훌륭한 스펙을 쌓는다 해도 취업 자체가 어렵다. 학교를 4년 만에 졸업하는 학생들이 드물 정도다. 제도적으로 개선되어야 할 일이지만 분명한 것은 그런 어려움에 맞서는 자신의 잠재력을 발견해야 한다는 점이다. 눈부신 젊음을 보면서 누구나 내면에 갖고 있는 저들만의 보물을 발굴해주고 싶다는 생각을 한다. 교육이 해야 할 일이 바로 그것이다.

사람을 키운다는 것,

사람을 더 큰 사람으로 성장시킨다는 것.

대학교 이사장은 그런 보람과 기쁨으로 산다.

# 교육 사업의 보람

교육 사업의 보람은 거기에 있다. 사람을 키운다는 것, 사람을 더 큰 사람으로 성장시킨다는 것. 자신의 일에서 보람을 느끼면 사는 사람이 얼마나 될지 모르겠지만 대학교 이사장은 그런 보람과 기쁨으로 산다. 어디에서도 맛볼 수 없는 그 가슴 벅찬 행복감을 나는 17년 내내 느꼈다.

학교 축제 때 학생들과 어울려 그 순간을 즐길 때, 그들의 사랑스럽고 행복 넘치는 표정을 보면서 내가 이 어려운 일을 맡아보겠다고 나선 것이 얼마나 탁월한 결정이었는지 다시 한번 깨닫는다.

학생들이 좋은 교육을 받고 사회로 진출해 당당한 사회인으로 성장했을 때 '대학교에서 참 좋은 교육을 받았고 그 덕분에 사회에서도 많은 도움을 받는다'고 생각한다면 그로써 나는 소임을 다했다고 생각한다.

"건국대학교 졸업생이라는 게 자랑스러워요."

"당당하게 건국대학교 졸업생이라고 말할 수 있게 해주셔서 감사합니다."

이런 얘기를 들을 때면 가슴이 벅차올라 눈물이 핑 돈다. 그리고 아버님도 나의 남편도 이 말을 하늘에서 듣고 있을까 하는 생각을 한다. 그들의 못다 이룬 꿈. 그 꿈을 내가 조금이라도 이루어 놓았다면 나는 그것으로 족하다. 언젠가 그들을 만났을 때 자랑스럽다고, 고생 많았다고, 애썼다고 등 한 번 토닥여준다면 그것으로 나는 만족한다.

나의 만족은 거기까지지만 교육에는 만족이 없다고, 이젠 됐다고 멈춰 설 순간이란 없다는 걸 17년 동안 배웠다. 시대의 흐름에 따라 지식은 변하고 새로운 지식이 채워지고 낡은 지식은 사장될 것이다. 교육은 그런 시대의 변화를 포착해 계속 성장하고 또 성장해야 한다.

우리 대학이 그런 변화무쌍하고 만족을 모르는 교육의 장이 된다면, 그런 대학으로 인정받을 수 있다면 더 이상 바랄 것이 없다. 먼 훗날 아버님을 만났을 때 이렇게 당돌하게 말할 수 있을 것 같다.

"저 열심히 잘했죠? 칭찬받을 만하죠?"

# 여성이라는 이름으로

나는 '여성'이라는 성별을 앞세워 어려움을 호소하거나 여성
으로서의 한계를 부각시켜 사회의 성차별을 역설하는 언행을
지양한다. 물론 내가 젊었을 때는 '여성'과 '남성'의 역할 분담
이 분명한 사회였다. 지금의 가치관으로는 생각할 수조차 없는
어처구니없는 차별적 대우가 정말 많았다. 딸은 시집가면 그만
이라는 생각이 지배적이었고, 교육을 받을 권리에서도 여성은
배제되기 일쑤였다. 더구나 정조라든가 순결 이데올로기가 여
성의 삶 전반을 지배했다.

사회생활을 하는 데도 제약이 많다. 지금도 여전히 결혼과

육아가 여성의 사회생활을 어렵게 만드는 문제로 남아 있다. 출산과 육아로부터 아직도 자유롭지 못한 것이 여성의 삶이지만, 내가 살아온 시대는 더욱 심했다. 사회생활을 하는 여성이 많지도 않았다. 나는 전사도 아니고 혁명가도 아니어서 나 또한 그런 시대적 이데올로기와 사회적 환경에 많은 영향을 받았다. 그런 시절을 살아왔고, 그러하기에 결혼해서 아이 낳고 아이를 키우는 삶에 만족하며 살았다. 더 이상 무엇을 꿈꿀 생각조차 하지 않았다.

그러던 내가 남편을 잃으면서 세상을 다시 보게 되었다. 내 삶의 전부라고 생각했던 세계가 부서지고 나니 다른 세계가 보이기 시작했다.


## '여성 이사장'


그렇게 우물 안에 갇힌 주부였던 내가 경영자로 새로운 삶을 살아가는 게 얼마나 녹록치 않은 일이었겠는가. 더구나 나는 남편을 잃은 여자였다. 지금도 미혼이거나 혼자된 여성이 사회생활을 하는 게 얼마나 힘든 일인지 잘 알고 있지만 그때는 더 심했다. 사람들의 인식이 지금보다 더 후진적이었다고 할까. 나는 '경영인'이 아니라 '여성 경영인'이었다. 늘 그랬다.

사회가 씌운 굴레에 갇히기 시작하면 한도 끝도 없다.
굴레가 있더라도 그 굴레를 벗어나려고 노력해야 하고
부당함을 끝없이 외쳐야 한다.

물론 '여성'이라는 정체성을 잊고 산 건 아니지만 이사장이라는 엄연한 사회적 직책이 있는데도 언제나 '여성 이사장'이라는 꼬리표가 따라다녔다.

나의 사생활에 지나치게 관심이 많은 사람은 물론이고 내 일거수일투족을 사적인 영역에 연결시키려는 사람도 정말 많았다. 사업차 만나는 사람은 어느새 애인으로 둔갑되어 있고, 친구로 자주 만나는 사람이라도 있으면 금방 스캔들로 비화되었다. 일하는 것보다 그런 뒷말들이 더 큰 스트레스였다. 그렇다고 해서 그런 편견이나 차별적 대우에 무너질 수는 없었다. '너희들은 그렇게 살아. 나는 내 갈 길 갈게' 하는 단단한 마음이 있어야 했다.

지금도 그렇지만 그 당시에도 여성 경영인은 매우 드물었다. 대학 경영 일선에서도 그랬다. 특히 서울 사학인 경우는 더욱 그랬다. 그래서 늘 행동거지를 조심해야 했다. 사람들이 나를 '여성'이라는 성별에 가둬놓고 보려 하면 나는 '여성'이기에 더 잘할 수 있는 것이 무엇인가를 생각했다. 여성이기에 가진 기질과 성향으로 남성과는 다른 지점에 서려고 노력했다.

사회가 씌운 굴레에 갇히기 시작하면 한도 끝도 없다. 굴레가 있더라도 그 굴레를 벗어나려고 노력해야 하고 부당함을 끝없이 외쳐야 한다. 누군가의 평가, 언행에 일일이 신경 쓰고 예민하게 굴면 옴짝달싹을 못한다. 상대의 말을 꼬아 듣거나 의심하며 들으면 한도 끝도 없다. 일부러라도 상대의 언행을 있는 그대로 듣고 보려고 해야 한다.

가령 상대가 "김 이사장님은 여자라서 그런가? 아이들하고도 참 격의 없이 지내는 것 같아요"라고 말했다고 치자. 그 말을 '뭐야? 내가 여자라서 가볍게 행동한다는 뜻인가?' 이렇게 듣지 말아야 한다는 것이다. 설령 상대가 그런 의도로 비아냥거렸다 하더라도 있는 그대로 듣고는(듣는 척하면서) 상대에게 이렇게 말해야 한다. "맞습니다. 여자라서 상대의 감성에 잘 반응하고 공감하죠." 부당함에 대응하는 방법은 무수히 많겠지만 눈치 없는 똑순이가 되는 것도 좋은 방법이다.

## 가정과 사회생활의 균형 맞추기

사회생활을 하는 여성들은 사회적 편견에서도 자유롭지 못하지만 자신이 가진 편견에서도 자유롭지 못하다. 특히 기혼 여성들이 그렇다. 육아와 자아성취라는 두 개의 영역에서 늘 갈등한다. 사회생활을 하면서 육아까지 완벽하게 수행하기란 거의 불가능에 가깝지만 여성들은 그 불가능에 가까운 미션을 수행하기 위해 자신을 채찍질하고 늘 죄책감에 시달린다.

물론 나는 아이들을 모두 키워놓은 다음에 사회생활을 시작한 운 좋은 사람이었지만, 육아를 끝낸 여성들이 자신의 재능과 경력을 살려 사회생활을 하는 건 너무나 어렵다. 나는 무척 특이하면서도 운이 좋은 경우였다.

하지만 나도 아이들을 떼어놓고 미국 유학을 떠났을 때 늘 그런 죄책감에 시달렸다. 아이들 생각을 하루라도 하지 않은 적이 없었다. 내가 어린아이들을 두고 이래도 되는 걸까, 나는 나쁜 엄마가 아닐까, 내 이상보다 아이를 키우는 일이 더 가치 있는 일은 아닐까, 나는 내 책임을 다하지 못하는 건 아닐까….

이런 미안함을 한순간도 갖지 않은 적이 없었다. 그런데 이런 죄책감에서 벗어나야 한다. 기혼 남성들 중에 사회생활을 하면서 육아에 대해 고민하고 자책하는 사람은 그리 많지 않을 것이다. 여성 스스로가 그런 굴레에서 벗어나려고 생각을 전환해야 한다. 행복하고 당당한 엄마가 독립적이고 자존감 강한 아이를 키운다고 자신 있게 말할 수 있다.

그렇다고 가정생활을 소홀히 하라는 말이 아니다. 자신의 역할에 최선을 다하되 자신의 역할을 규정짓거나 한정하지 말라는 뜻이다. 나는 엄마이기 전에 사회생활을 하는 하나의 인격체이고 가정과 사회에서 균형을 잡기 위해 노력하는 불완전한 존재임을 인식하라는 뜻이다.

# 루머와 스캔들 대처법

나는 '여자'라는 이유로 온갖 스캔들과 루머에 무대응으로 일관했다. 일일이 대응할 수도 없었고 그럴 만큼 한가하지도 않았다. 하지만 아닌 일에는 적극적으로 대응했어야 했다는 생각이 든다. 나만 아니면 된다는 태도가 오히려 일을 크게 키운 적도 많았다.

가령 어떤 프로젝트를 성공적으로 완수하거나 큰 성과를 올리면 '여자라서 특혜를 받았다' '여자라서 유리했다'는 식의 말이 돌았다. 이런 말이 돌 때마다 얼마나 큰 스트레스를 받았는지 모른다. 오해라고, 억측이라고 어디 가서 공개적으로 말도 못하니 더 억울하고 답답했다. 미혼 여성이나 이혼이나 사별로 남편이 없는 여성들에게 사회생활은 두 배로 힘들다. 성적인 접근이 많기도 하거니와 별것 아닌 언행도 오해를 불러일으킨다.

어쩌면 그래서 나는 더 일에서 완벽을 추구했는지 모른다. 시아버지의 정신을 계승하고 완수해야 한다는 사명감에서 시작한 일이었지만 일을 하면 할수록 내 자신의 명예가 걸린 일이 되어갔다. 궁극적으로는 대학의 발전을 위해 시작한 일이었지만 그 와중에 말도 안 되는 루머와 스캔들이 떠돌면 뭔가 보여주겠다는 승부욕이 생겼다. 너희들의 가벼운 입놀림이 얼마나 하찮고 경박스러운 일인지 보여주겠다는 오기가 발동했다.

그랬기 때문에 그 힘든 프로젝트를 따내고 성과를 낼 수 있었다. 그렇다고 내가 '성별'을 지워버리고 '무성'의 존재로 일을 했다는 뜻은 아니다.

나는 오로지 '건국대학교 이사장'이라는 사회적 직책에만 집중했다. 내 명함에는 '건국대학교 여자 이사장'이라고 쓰여 있는 게 아니지 않는가.

그러나 나는 여전히 '여성 김경희'다. 나는 내가 '여성'으로서 갖고 있는 기질과 성향을 사랑한다. 그건 버리려야 버릴 수도 없고 버릴 필요도 없는 나만의 강점이다. 많은 여성이 사회생활의 피곤함과 어려움을 호소한다. 사회는 많이 바뀌었지만 바뀐 사회에서는 또 다른 어려움이 존재한다.

그렇다고 불평만 하고 있어서는 안 된다. 그 편견에 지지 않으려면 내 일에서 최선을 다하고 성과를 보여줘야 한다. 그리고 부당함과 억울함에 맞서야 한다. 아무도 공짜로 달디 단 열매를 내어주지 않는다. 달콤한 열매를 먹고 싶다면 땅을 고르고 씨앗을 심고 물을 주고 잡초를 솎아주는 수고로움을 견뎌야 한다.

만만치 않은 시대를 살아온 한 명의 경영인으로서 사회생활을 하고 있는 모든 여성들에게 깊은 연대의 마음을 전하고 싶다. 그리고 우리의 그런 수고로움이 또 다른 세상의 가치를 만들어내리라 믿는다.

그려온 날
2017/12 (서명)

편견에 지지 않으려면
내 일에서 최선을 다하고 성과를 보여줘야 한다.
아무도 공짜로 달디 단 열매를 내어주지 않는다.
달콤한 열매를 먹고 싶다면
땅을 고르고 씨앗을 심고 물을 주고 잡초를 솎아주는 수고로움을 견뎌야 한다.

# 미운 사람은 미운 대로,
# 좋은 사람은 좋은 대로 내 곁에 있다

리더는 어려운 자리다. 세상에 쉽고 만만한 일이 없기는 하지만 각양각색의 사람들을 하나의 목표 아래 모이게 하는 건 정말 쉬운 일이 아니다. 60명 정도 되는 한 학급을 이끄는 반장 자리도 어려운데 삼만 명 넘는 구성원을 이끄는 대학 이사장 자리는 오죽하겠는가. 그러다 보니 직책에서 오는 중압감만큼이나 사람들로부터 받는 스트레스가 매우 컸다.

어떤 분야의 리더이든 사람을 잃으면 일을 진척시킬 수가 없다. 사람이 제일 중요하고 사람에 의해 힘을 받는 것이 리더다. 가끔 내가 이사장을 하면서 몇 명의 사람들과 일을 했을까,

내가 이사장으로 재직하는 17년 동안 만난 사람은 모두 몇 명일까를 생각해보곤 한다. 셀 수 없을 정도다. 그들 중에는 여전히 연락하며 지내는 사람도 있고 우연이라도 만나고 싶지 않은 사람도 있다. 내가 자신의 롤모델이라고 말해주는 사람이 있는가 하면 나를 원수처럼 대하는 사람도 있다. 한 명의 인간이 똑같은 일을 했는데도 사람에 따라 평이 이렇게 다르다.

리더는 무조건 성과를 내야 한다는 점도 매우 큰 중압감으로 다가온다. 취임해서 1~2년 안에 성과가 보이지 않으면 사람들의 입방아에 오르내리기 시작한다.

"말만 번지르르하고 뭐 하나 제대로 하는 게 없네."

"결국은 자리가 탐났던 거야."

"우리가 그렇게 지지해줬는데 돌아오는 건 아무것도 없어."

정치인이든 회사의 CEO이든 다 마찬가지다. 사람들이 누군가를 자신의 대표자, 자신의 리더로 만들어준다는 건 그에 걸맞은 기대와 변화를 원한다는 뜻이다. 더구나 나는 학교 설립자의 며느리라는 독특한 자격을 가지고 이사장이 된 터였고, 거기까지 가는 데도 너무 힘들었기 때문에 엄청난 부담감에 시달렸다. 그래서 그 부담감에 목표와 이상이 잡아먹히지 않도록 중심을 잡으려고 매우 노력했다.

스스로를 다잡는 일은 아무도 도와줄 수 없는 일이다. 혼자만 할 수 있고 혼자 해야 한다. 그러다 보니 무척 외로웠다. 물론 주변에 사람이 없었던 건 아니다. 대학 경영의 기역자도 모르는 내가 많은 성과를 올릴 수 있었던 이유는 사심 없이 나를 도와주는 사람이 많았기 때문이다. 하지만 주변에 사람이 얼마나 많고 친구가 얼마나 많은가와는 상관없이 나는 늘 고독하고 외로웠다. 왜냐하면 좋은 사람만큼이나 나쁜 마음, 안 좋은 마음을 먹는 사람도 엄청 많기 때문이다.

여자 혼자 살면서 큰 조직을 이끌다 보니 시기와 질투가 사방에서 날아왔다. 나에 대한 증오와 미움으로 아예 학교까지 무너뜨리려 하는 사람들도 있었다. 마치 어떻게 하면 나를 끌어내릴 수 있을까, 어떻게 하면 나를 정신적으로 고통스럽게 만들 수 있을까를 연구하는 사람들 같았다. 고소 고발부터 사실이 아닌 소문까지 고통스러운 나날이 계속됐다.

가까운 지인은 물론이고 심지어 일부 시댁 쪽 사람들의 공격은 멈추지 않았다. 욕설과 험담으로 굉장히 못살게 굴었다. 심지어 나는 감옥만 안 가봤지 경찰, 검찰, 법원까지 다 가봤다.


## 뒤통수치는 사람들에게


나는 기본적으로 사람을 잘 믿고 좋아한다. 결국 희망은 사람으로부터 비롯되고 사람의 진심은 언젠가 통한다고 생각한다. 그만큼 사람한테 많이 의지한다. 한 번 마음을 주면 끝까지 믿으려고 한다. 하지만 이사장을 하면서 그런 마음이 많이 배신당했다. 일일이 나열할 수 없을 정도로 많았다.

인간관계는 일방적인 것이 아니어서 내가 누군가에게 실망한 만큼 그들도 나에게 실망했을 것이다. 내가 그들을 미워하는 만큼 그들도 내가 미울 것이다. 그래서 인간관계가 어려운 것이다. 내가 의도하지 않았던 부분, 생각지도 못했던 부분에서 다른 말이 들려오고 뜻밖의 반응이 오기 때문이다.

인간관계의 그런 난해함과 고단함을 모르지 않는다. 하지만 그건 배신과는 다르다. 누군가는 사회생활을 정글 같다고 말한다. 내가 살려면 상대를 죽여야 한다고 말이다. 특히 큰 조직을 이끄는 사람일수록 그런 증오의 표적이 된다. 늘 공격받는 자리이기 때문에 배신도 많고 거짓과 미움도 난무한다.

그렇더라도 최소한 신의와 의리를 지켜야 한다는 게 나의 신조이고 적어도 나는 그렇게 살아왔다고 생각한다. 일방적인 생각일 수도 있겠지만 적어도 나는 누군가를 꿇어앉히기 위해, 누군가를 몰락시키기 위해 애쓰지는 않았다. 그런 공격을 방어하기 위해 상처 준 적이 있을지는 모르지만 고의로 악의를 가득 담아 누군가에게 나쁜 마음을 품은 적은 없었다.

이사장을 하면서 처음으로 그런 증오와 배신을 당했고, 그럴 때마다 그럴 수밖에 없는 자리라고 수긍했지만 그 강도가 상상

어떻게 하면 나를 끌어내릴 수 있을까,
어떻게 하면 나를 정신적으로 고통스럽게 만들 수 있을까를 연구하는
나쁜 사람들도 많았다.
사람과의 관계는 언제나 난해하다.

했던 것보다 더 세다 보니 참 많이 힘들었다.

그럴 때마다 나는 항상 떳떳하고 당당하게 행동했다. 검찰청, 법원에 가서도 나는 당당했다. 내가 거짓말을 한 적이 없고 누군가의 뒤통수를 친 일이 절대 없기 때문이었다.


## 눈물 흘리지 않는 엄마

그럴 때마다 나를 일으켜 세우고 다시 힘을 준 것도 역시 사람이었다. 특히 건강하고 똑똑하게 잘 자라준 두 딸은 나의 가장 큰 지지자였다. 시어머니마저 돌아가시고 아이들이 모두 자기의 인생을 찾아가고, 더구나 첫째 아이는 내가 이사장이 될 때 결혼까지 한 터라 더 이상 내 손길이 필요하지 않았지만 딸들은 늘 내 곁에서 나를 응원했다.

힘들게 일하고 집에 돌아왔을 때 아무도 없는 텅 빈 집에서 울컥 눈물이 쏟아지거나 공허함을 느낄 때가 많았는데, 그럴 때마다 딸들은 어김없이 내게 전화를 걸어 안부를 묻고 이야기를 들어주었다.

나는 아이들을 아빠 없는 아이가 아닌 당당하고 독립적인 아이로 키우는 게 교육 목표였기 때문에 지금 엄마들처럼 아이들에게 애정 표현을 하거나 사랑을 수시로 고백하지 못하고 아이들을 키웠다. 하지만 아이들은 그런 나의 태도가 자신들을 사랑하지 않아서가 아니라는 걸 받아들이고 이해해주었다.

아이들이 미국에서 공부할 때도 나는 냉정하리만큼 자신의 일은 스스로 하게끔 독려했다. 내 새끼 털끝 하나라도 다칠까 봐 전전긍긍하면서 치마폭에 감싸 키우지 않았다. 그렇게 엄격한 엄마였는데도 딸들은 나의 사랑을 한 번도 의심하지 않았다. 딸들은 나의 고충을 잘 알고 위로해주었다.

아이들은 대장부처럼 학교 일을 척척 해내는 나를 존경하면서도 엄마의 외로움을 잘 알았다. 아이들은 늘 내게 "우리 엄마 최고!"라는 메시지를 보냈다. 내가 그토록 원했던 엄마의 모습. 아이들 앞에 당당하고 자신감 있는, 눈물 흘리지 않는 엄마가 된 것 같다.


## 사람에게서 위로받다


딸들이 나의 에너지원이었다면, 내가 결정을 내리지 못해 우왕좌왕하거나 어떻게 해야 할지 길을 찾지 못할 때마다 조언을 아끼지 않았던 훌륭한 선배들은 경영자로 살아가는 데 큰 도움이 되었다. 아마 그들의 솔로몬 같은 지혜가 없었다면 나는 그릇된 결정을 내리거나 무의미하게 허둥대며 시간을 낭비했을 것이다. 그들뿐이겠는가. 온전히 자신이 가진 성품과 온기로 나를 다독여주고 격려해주었던 친구들은 내가 스트레스를 현명하게 관리할 수 있게 해준 휴식 같은 존재였다. 나를 잘 따라준 수많은 학교 직원과 관계자도 나의 등을 받쳐주는 든든한 존재였다. 만약 이 모든 이들이 없었다면 나는 17년 동안 그렇게 가열차게 많은 일을 계획하고 성취할 수 없었을 것이다.

학교의 수준이 높아지고 좋은 학생들이 지원하고 학교의 대외적 이미지가 매년 좋아질 때마다 나는 그것이 온전히 나의 덕이자 영광이라고 한 번도 생각하지 않았다. 다른 학교 학장님이나 이사장님은 물론이고 매스컴에서도 나를 조명하며 나의 리더십에 관심을 보일 때마다 나는 부끄럽기도 하고 미안하기도 했다.

리더로서의 역할은 분명 필요하고 매우 중요하지만, 아무리 훌륭한 리더가 획기적인 아이디어로 무언가를 해보려 해도 조직원들이 힘을 실어주고 따라주지 않으면 아무것도 이루지 못한다. 이건 겸손하려고 하는 말도 아니고 그럴듯한 말로 꾸며내려는 말도 아니다. 조직의 리더가 되어본 사람은 알 것이다. 그 수많은 악의적 공격과 비난을 이겨낼 수 있는 힘은 리더를 신뢰하는 조직원들의 마음이라는 것을 말이다.

내 인생은, 장미처럼 겉모습은 화려하고 빛나는 존재였지만
가시와 비바람을 견뎌내야 하는 강인한 삶이 아니었을까.

# 장미 같은 삶

인생의 초반부에 나는 그야말로 꽃길을 걸었다. 어려움 없이 많은 사람들의 관심과 사랑을 받으며 풍족하게 자랐다. 그러다 인생의 중반부터 쓰러지고 넘어지고 짓밟히는 삶을 살아야 했다. 처음부터 어렵고 힘겹게 살아갔다면 조금 덜 힘들었을까? 갑자기 찾아온 위기와 고통 앞에서 나는 참으로 많이 울었다.

하지만 그 수많은 의심의 시선과 악의적인 비난이 나를 여기까지 끌어왔다고 해도 틀린 말이 아니다. 어느 누가 앉아도 힘든 자리다. 비판이 따르고 견제가 따르고 의심이 따르는 자리다. 그 자리에서 17년 동안 버텼다면 그 세월이 내가 어떤 사람인지 알려준다고 생각한다.

장미는 그 꽃망울 자체로도 예쁘지만 가시가 있기에 더 장미의 매력이 빛나는 것이 아닐까. 그 가시의 따가움을 알아야 장미의 아름다움을 진정으로 알 수 있다. 내 삶도 그와 같지 않은지 생각해본다. 따가운 가시를 지나야 만날 수 있는 장미의 힘 있는 꽃망울. 내 삶도 어느 날은 그리움의 보라장미처럼, 어느 날은 열정적 사랑의 빨강장미처럼 하루하루를 살아내고 있다. 이사장으로 보낸 17년 인생은 그런 장미의 삶이었다고, 겉모습은 화려하고 빛나는 존재였지만 가시와 비바람을 견디는 강인한 삶이었다고 말하고 싶다.

# MY DREAM, MY LOVE

5장

화폭에 나를 담아
인생을 담아

# 이제는 돌아와
# 거울 앞에 서서

"어떻게 그렇게 학교밖에 모르세요."

사람들은 내게 이런 말을 자주했다. 머릿속에 온통 학교 생각밖에 없는 것 같다고. 그렇게 학교에 몸 바쳐 일해봐야 뭐가 돌아오느냐고.

"좀 쉬엄쉬엄 하세요. 그러다 병나세요."

"그렇게 일만 하고 살다가 사람들 다 떠나요. 주위도 돌아보면서 여유를 가져보세요."

이렇게 충고하는 사람들도 있었다. 모두 나를 생각해서 하는 말이었지만 나는 17년 동안 하루하루가 충만했고 행복했다. 말도 못하게 힘들고 피곤했지만 단 한 번도 지긋지긋하다거나 때려 치고 싶다는 생각을 해본 적이 없다. 내가 그런 대로, 내가 꿈꿔왔던 대로 학교가 변하고 성장하는 것을 보는 즐거움이 고단함과 피곤함보다 훨씬 더 컸기 때문이다.

달콤한 피곤함이라고 할까? 지금 돌아봐도 한 시간을 1분처럼 썼고 그 17년이 내 인생에서 가장 빛나는 시절이었다는 생각이 든다. 육체적으로 피곤하고 정신적으로 고통스러웠어도 그 뿌듯한 피곤함의 기쁨은 경험해보지 않은 사람은 잘 모를 것이다.

## 내가 이 집을 떠나지 못하는 이유

그렇게 중년의 거의 전부를 바친 학교를 떠나 이제 다시 가회동으로 돌아왔다. 나의 첫 서울생활이 시작된 설렘의 공간이자 나의 결혼생활이 시작되었던 기대의 공간.

가끔 가회동과 나는 무슨 인연일까 싶은 생각이 들기도 한다. 정착하고 떠나고 다시 정착한 곳. 내가 이 집을 떠나지 못하는 이유도 아마 그런 남다른 인연 때문일 것이다.

공간이 사람에게 주는 의미는 의외로 크다. 공간은 추억을 품고 있고 추억은 곧 한 사람의 역사이기 때문이다. 아무리 깨끗하고 넓고 비싼 집을 봐도 내가 가회동 집에서 느끼는 푸근함과 따뜻함은 느끼기가 어렵다. 한 번도 이 집을 떠나겠다는 생각을 해본 적이 없다. 단독주택은 끊임없이 손을 보아야 한다. 특히 한옥의 기와지붕은 장마만 오면 물이 새나오고, 한 군데가 망가져서 수리하면 얼마 뒤에 다른 곳이 망가지고 그곳을 수리하면 또 다른 곳이 고장 난다. 집주인이 부지런하지 않으면 단독주택은 금방 티가 난다.

정원이 있다 보니 벌레도 많다. 지렁이도 살고 나비와 벌도 많이 찾아온다. 젊을 때는 그런 게 싫었지만 한 살 한 살 나이를 먹을 때마다 내 집이 그런 생명체를 품고 그로 인해 새로운 생명체를 만들어내는 곳이라는 게 아름답게 느껴진다. 사는 데 불편함만 개선하는 방향으로 집을 고치고 있는데 그런 수고로움을 감수하고서라도 나는 이 집을 지키고 싶다.

거실에 앉아 정원을 내다보면 마음이 차분해진다. 작은 정원은 철마다 꽃을 피우고 감나무는 매해 달고 실한 열매를 내어준다. 얼마나 탐스럽고 소복하게 열리는지 사람들에게 자랑하고 싶을 정도다. 아무 욕심 없이 서로 공생하며 자신이 할 일을 게으르지 않게 해나가는 나무와 꽃을 보면서 조용히 내 삶을 돌아보기도 한다.

결혼이라는 성인의 관문을 통과해서 가정주부라는 삶을 시작한 곳이자 가족들과 가장 행복했던 추억이 남아 있고 가장

아무 욕심 없이 서로 공생하며 자신이 할 일을 게으르지 않게 해나가는
나무와 꽃을 보면서 조용히 내 삶을 돌아본다.

고통스러웠던 기억이 여전한 곳이 가회동 이 집이다. 전업주부에서 대학교 이사장이라는 두렵지만 더 넓은 세계로 나아간 곳이기도 하고 내 삶의 영광을 함께한 곳이기도 하다. 사람들이 고향을 떠올릴 때 느끼는 감정과 비슷할 것이다.

요즘 나는 이곳에서 친구들을 만나 수다를 떨고 정원을 내다보며 그림을 그리고 운동도 하고 커피도 마시며 여유로운 시간을 보내고 있다. 가열 차고 열정적으로 일한 뒤 스스로에게 주는 보상 같은 휴식이라고 할까?

사람들은 묻는다. 그렇게 열심히 바깥일 하다가 아무 일 없이 집 안에만 있으면 지루하고 우울하지 않느냐고.

가끔 초조한 기분이 들기는 한다. 빨리 학교에 가서 일을 해야 할 것 같기도 하고, 뭔가 더 생산적인 일을 해야 하지 않나 하는 조급증이 생기기도 한다. 하지만 그럴 때마다 이제는 쉬어도 될 때라고 브레이크를 건다. 너무 오랫동안 전부를 바쳐 일한 일터여서 그립기도 하고 보고 싶기도 하지만 지금은 잠시 밀쳐두었던 내 삶을 돌보아야 할 때라고 다독인다.

처음에는 이런 정적인 생활이 낯설기도 했지만 이제는 이런 삶도 내가 꾸려가기 나름이라는 생각이 든다. 다른 사람들이 보기엔 시간이 남아돌 것처럼 보일지 몰라도 그렇지 않다. 정원을 가꾸고 그림을 그리고 지인들과 만나 서로의 안부를 묻고 여행을 다니는 일상적인 일로도 하루가 꽉 차도록 바쁘다. 여유 있게 바쁘다는 표현이 맞을 것 같다.

## 딸의 조력자이자 조언자로

현직에서는 물러나 있지만 이사장으로 학교일을 돌보고 있는 첫째 딸아이에게 든든한 조력자이자 조언자 역할을 하는 것도 즐겁다. 첫째 아이는 내가 그랬던 것처럼 주부로 살다가 이사장을 맡은 터라 모르는 것도 많고 배워야 할 것도 많다. 먼저 그 길을 걸어온 선배이자 전임 이사장으로서 나는 딸아이가 어려움을 호소할 때 따뜻한 격려와 조언을 건넨다.

"그 자리가 어려운 자리야. 아무나 할 수도 있지만 끝없이 학교의 발전을 고민하고 성과를 내야 하니까 쉬어서는 안 되는 자리이기도 해. 사람들은 네 의도를 곡해하고 악의적인 소문을 퍼뜨리고 끝없이 너를 견제하고 비난하기도 하겠지만 그 모든 걸 감수할 만큼 보람찬 자리이기도 하지. 그러니 힘든 일이 있을 때마다 할아버지랑 아버지 그리고 엄마를 생각하렴. 세 사람이 네 뒤에 있어. 우리를 생각하면 없던 힘도 생길 거야. 엄마도 그랬어."

딸아이는 엄마가 이사장으로 검찰, 법원 다니면서 기사화되

앞으로 내가 또 어떤 인생을 살지 나조차도 모르겠다.
나의 꿈과 사랑을 위해 오늘도 성실하게 하루를 산다.

고 여러 사람의 입방아에 오르내리는 것을 봐와서 그런지 나와 달리 모든 일을 칼 같이 자르려고 한다. 모든 일에 예외를 인정하지 않는 것이다.

그런 딸을 보며 엄마로서 마음이 애잔해진다. 물론 딸아이가 지금 잘 해나가고 있지만 이사장이라는 자리가 주는 책임감의 무게를 잘 견뎌나가길 바라는 마음이다.

어느 날인가 면도날처럼 원칙만 따지다보면 유연성을 잃을 수 있기에 딸에게 이런 말을 해주었다.

"둥글게 크게 원을 그릴 줄 알아야 해. 그래야 네 사람들이 모여들어. 자꾸 날카롭게 삼각형 꼭지처럼 사람을 대하면 사람들이 다치고 반대로 네가 또 상처받아. 그러니 둥글게 하렴. 그래야 네가 일하기가 수월해지는 법이란다."

엄마로서 딸에게 보내는 조언이자 이사장 선배로서 후배에게 주는 인생 지혜다. 딸아이는 내가 현직에서 실무를 보지 않아도 내가 있다는 것만으로도 든든하다고 말한다. 그게 전임자이자 선배의 역할인 것 같다. 딸아이가 자신의 역량으로 학교를 키워 나가는 것을 보는 것만으로도 감격스럽다.

# 오늘을 산다

이사장으로 근무할 때 가회동은 그저 숙식을 해결하는 공간이었다. 하지만 일선에서 물러나 다시 돌아온 가회동은 '이사장 김경희'가 아닌 '인간 김경희'를 비춰주는 거울 같다.

물론 이사장 김경희도 나의 정체성의 하나지만 가회동은 그 정체성 말고 '인간 김경희'의 정체성을 돌보라고 이야기해준다.

한 시인이 노래했듯이 한 송이 국화꽃을 피우기 위해 봄부터 울고 먹구름 속에서도 울었던 나는 이제 돌아와 가회동의 거울 앞에 서 있다. 앞으로 내가 또 어떤 인생을 살지 나조차도 모르겠다.

내일은 내일에 맡겨두고 나는 지금 가회동의 오늘을 산다. 벅찬 미래를 꿈꾸는 학창 시절을 보냈고, 사랑하는 사람과 첫발을 내딛었으며, 아이들을 낳았고, 시아버지께 가치 있는 삶이란 무엇인가를 배웠던 곳. 그곳에서 나는 또 다른 인생을 꿈꾸며 성실하게 하루를 산다.

# 그림에 담긴 나의 꿈,
# 나의 사랑

　50년 동안 살아온 가회동 집에는 계절마다 다른 꽃이 핀다. 진한 향기를 뿌리는 라일락과 청순한 수선화가 피었다 지면 백일홍이 붉은 자태를 드러내고, 이에 질세라 히아신스도 아기자기하게 피어난다. 지천에 널려 흔해 보이는 제비꽃과 채송화도 가회동 정원에서는 자기만의 아름다움으로 당당히 한 자리씩 하는 주인공들이다. 피어난 꽃들이 겨울을 준비하기 위해 차례차례 꽃잎을 거둘 때면 70년 넘은 감나무가 달고 탐스러운 감을 소복하게 키워내 계절의 마지막 풍요로움을 선물한다.

　낡고 오래되어 불편한 집이지만 계절이 자기만의 색깔로 오고 가는 가회동 집은 나의 젊은 시절이 아로새겨진 곳이기도 하고, 혼자 남아 악착같이 살아내려 억척을 떨던 힘겨웠던 기억이 남아 있는 곳이기도 하다. 어느 것 하나 내 손길이 닿지 않은 곳이 없고, 내 인생을 굽어보지 않은 것들이 없다. 가회동 집의 꽃은, 나무는 변덕을 부리지 않고 오랫동안 그곳을 지켜왔다. 내가 화폭 안에 자연을 많이 담는 이유도 아마 그래서인지 모른다. 묵묵한 자연이 주는 마음의 평온.

## 내 영혼의 안식처

그림은 어렸을 때부터 내 안식처였지만, 결혼하고 나서는 좀처럼 그림을 그릴 수 없었다. 스물셋 어린 나이에 결혼해 가회동 집에 들어왔을 때 나는 아무것도 모르는 철부지였다. 결혼하기 전까지 손에 물 한 방울 묻히지 않고 곱게 자란 나에게 가회동의 큰살림은 무척 버거웠다. 교육재단을 운영하는 집안이다 보니 손님은 하루가 멀다 하고 찾아왔고, 그 많은 손님 대접을 시어머니와 내가 앞장서서 치렀다. 군불을 떼서 밥을 지었다고 하면 믿을 사람이 있을까?

한 번도 살아보지 않았던 방식으로 살아가자니 나는 자주 지치고, 자주 외로웠다. 물론 시아버지의 깊은 사랑과 시어머니의 살뜰한 보살핌이 있었고, 든든한 남편과 아이들도 있었지만, 그것만으로는 채워지지 않는 갈증이 있었다. 더 넓은 세상으로 나가 마음껏 꿈을 펼치고 싶었던 내 안의 열정.

초등학교 때부터 대학교 때까지 나는 많은 사람의 기대를 한 몸에 받던 학생이었다.

"경희는 똑똑하니까 훌륭한 사람이 될 거야."

"여자도 자기 일을 갖고 남자들하고 동등하게 경쟁해야 해. 경희는 충분히 할 수 있어."

그런 격려와 칭찬을 듣고 자란 나는 정말 그런 삶을 살 수 있을 거라고 생각했다. 유학을 가서 정식으로 그림을 공부하여 세계적인 화가가 되고 싶기도 했고, 외국 대학에서 더 공부를 한 뒤 세상을 바꾸는 정치인이 되고도 싶었다. 활동적이고 리더십이 있는 나에게 가회동 안에서의 하루하루는 답답하고 힘겨웠다. 그래도 나는 한 번도 싫은 내색을 하거나 꾀를 부리지 않았다. 큰며느리로서의 역할이 내게 주어진 숙명이라고 생각했다. 내가 당연히 감당해야 할 의무라고 생각했다. 하지만 숨 쉴 수 있는 숨구멍은 있어야 했다. 그래서 그림을 그려야 했다.

"어머니, 저 일주일에 한 번씩 화실에 가서 그림 그리고 오면 안 될까요?"

"그림?"

시어머니께 외출을 허락해달라고 말씀드렸을 때 시어머니

는 의아해하셨다.

"네가 그림에 관심이 많았니?"

"네, 어머니. 저 대학 다닐 때 국전에 입상도 해봤어요. 그림 그리는 거 좋아해요."

시어머니는 곰곰이 생각에 잠기셨다. 어린 며느리가 힘들게 시집살이를 하고 있다는 걸 누구보다 잘 알고 계신 분이었으니 허락하고 싶으셨을 것이다. 시아버지께 말씀드려 보겠노라고 대답하신 시어머니는, 며칠 뒤 외출을 허락하셨다.

"아무 생각 말고 한두 시간 너 하고 싶은 것 하고 오너라."


결혼하고 나서 처음 붓을 잡았던 그 순간을 나는 지금도 잊지 못한다. 세상을 모두 품을 수 있을 것 같았던 학창 시절로 돌아간 것 같았다. 정식으로 그림을 배운 적은 없지만 나는 교내 사생대회에서 여러 번 수상했고, 칭찬도 많이 받았다.

나는 선생님들의 아낌없는 칭찬으로 화가에 대한 꿈을 크게 키웠다. 그림이라면 잘 그릴 자신도 있었다. 친구들은 이젤 앞에서 몇 시간씩 앉아 있으면 지겹지 않느냐고 물었지만 나는 한 번도 그림 그리는 게 지루하거나 싫지 않았다. 물론 그림이 잘 안 그려질 때는 짜증스럽기도 하고 다시는 쳐다보고 싶지 않을 만큼 밉기도 했지만, 그 미움의 시간은 오래가지 않았다.

그림 안에서 나는 늘 편안했다. 그림 그리는 일이 육체적으로나 정신적으로 쉬운 일은 아니지만, 그림에 쏟아야 하는 그런 에너지까지 좋았다. 그러니 오랜만에 마주한 이젤이 감격스럽지 않을 수 없었다.

## 아름답고 강인한 꽃 같은 인생

결혼 후 다시 시작한 내 그림에는 꽃과 나무 같은 자연이 내려앉았다. 특히 꽃을 많이 그렸다. 가회동 정원에서 철마다 보는 꽃이 친근해서였을까? 눈을 감고도 장미며 수선화, 아네모네를 그릴 수 있었다. 정원에 한아름 핀 꽃, 산등성이를 가득 메운 꽃, 터질 듯한 생기로 가득한 꽃다발 등 꽃을 오브제로 다양한 그림을 그렸다.

꽃을 그릴 때면 마음이 설레었다. 인위적으로 표현하기 어려울 만큼 선명하고 오묘한 자연의 색을 나만의 색으로 재창조해내는 작업도 흥미로웠고, 꽃을 통해 인생을 그리는 것도 즐거웠다.

만약 꽃이 아름답기만 했다면, 반드시 사람의 손길과 보살핌으로만 피어날 수 있는 생명체였다면, 아마 나는 꽃을 그렇게 사랑하지 않았을지 모른다. 꽃은 아름답지만 강인하다. 가회동 정원을 산책하다 보면 엉뚱한 자리에 뿌리 내린 꽃을 보곤 했

그림 안에서
나는 늘 편안했다.
나의 그림은
아름다움과 열정과
즐거움이 춤추는
나만의 공간이었다.

다. 시멘트 틈새, 사람들이 자주 밟고 지나는 길목에 기꺼이 뿌리 내리고 모습을 드러내는 작은 꽃들. 그 작은 몸에서 그렇게 강인한 생명력을 뿜어낸다는 사실이 나는 매번 감동스러웠다.

꽃들의 그 아름다운 강인함에서 어쩌면 나는 나의 모습을 보고 있었는지 모른다. 그렇게 살고 싶다는 의지를 키웠는지도 모른다. 그림을 그리면서 나는 나의 삶에 더 충실하게, 열정을 다해 살 수 있었다. 아무에게도 쉽게 털어놓을 수 없는 비밀을 고백할 수 있는 상대가 있다는 것은 삶을 살아내는 힘이 되어 주었다. 집안 살림을 하면서, 아이들을 키우면서 힘들고 속상했던 일도 그림을 그리면 괜찮아졌다. 나의 그림은 아름다움과 열정과 즐거움이 춤추는 공간이 되었다. 그것이 내가 보는 세상, 내가 사는 인생이었다.


## 내가 마티스와 뒤피를 좋아하는 이유


내가 마티스와 뒤피를 좋아하는 이유도 거기에 있다. 그들은 음울하고 고통스러운 순간을 그리지 않는다. 그들의 그림은 삶에 대한 사랑과 긍정으로 가득하다. 말년의 마티스는 큰 수술을 받고 휠체어에 의지해 생활해야 했지만 한순간도 삶의 의지를 버린 적이 없다. 그림을 그림으로써 삶을 살았다. 많은 사람들이 그의 건강을 염려해 더 이상의 작업은 힘들다고 말렸지만 그는 아랑곳하지 않고 다양한 창작 활동을 이어갔다. 그림을 그릴 수 없는 상태가 되었을 때는 종이를 오려 붙이거나 장대 끝에 크레용을 달아 그림을 그렸다. 예술을 떠난다는 건 그에게 곧 죽음이었기 때문이다.

마티스 말년의 작품에서조차 기력이 쇠한 노인의 기운은 느껴지지 않는다. 생을 긍정하고 삶을 찬양하는 한 인간의 활기 넘치는 유쾌함과 즐거움이 느껴질 뿐이다. 어쩌면 누군가는 마티스가 평생 동안 고생이라고는 모른 채, 풍요롭고 행복하게 살았기에 그런 그림을 그렸다고 생각할지 모르겠다. 그런데 그렇지 않다. 마티스도 경제적인 어려움뿐 아니라 신체의 고통과 사랑하는 사람과의 이별로 고통받았다.

그 고난들이 그에게는 삶의 과정 중 하나였을 뿐이다. 그 고통이 삶의 의지를 갉아먹을 수는 없었다. 그래서 마티스의 작품을 보고 있으면 따뜻한 위로를 받는다. 인생은 가치 있는 것이니 열심히 살아볼 만한 것이라고. 나도 그런 그림을 그리고 싶었다. 아름다움으로 가득한 그림을.

뒤피는 말했다. "그림이란 즐겁고 유쾌하며 예뻐야 한다. 세상에는 이미 불쾌한 것이 너무 많은데 그러한 것을 또 만들어 낼 이유가 있는가."

# 내 일기장이자 내 자서전

만약 내가 예쁘고 아름다운 것만 보며 온실의 화초처럼 살았다면 다른 그림을 그렸을지도 모른다. 늘 무언가를 헤치며 앞장서서 걸어야 했던 험난한 인생에서 나는 누구보다도 많은 사람을 만났고, 누구보다도 많은 감정을 느꼈으며, 누구보다도 많은 일을 겪었다. 기쁜 일도 많았지만 괴롭고 고통스러운 일도 많았다. 하지만 그 풍랑 앞에서 나는 늘 진심을 다해 정면으로 부딪쳤다. 그건 어쩌면 내 본성인지 모른다. 너무 솔직하고 가식이 없어 적을 만들기도 했지만 그런 나의 본성이 고난 앞에서 해결의 실마리가 되어준 것도 사실이다.

그림에는 그 모든 나의 본성이 담긴다. 그림은 절대 거짓말을 못한다. 거짓의 그림을 그려 잠깐 유명세를 탈 수 있을지는 모르지만 오래 가지 못한다. 그 안에 화가의 내면이, 삶이, 가치관이 고스란히 담겨야 진짜 그림이 된다.

내가 결혼 8년 만에 혼자가 되어 갈피를 잡을 수 없었을 때 그림을 공부하기 위해 훌쩍 미국으로 떠난 이유도 그래서였다. 그림 안에 나를 솔직하게 쏟아놓아야 숨을 쉴 수 있을 것 같았고, 그래야 내 삶의 방향이 보일 것 같았다. 폭풍 같은 나의 삶을 어떻게라도 토해내야만 삶의 의지를 불태울 수 있을 것 같았다. 그러니 그림은 나에게 단순한 취미 생활이 아니다. 내 자

288

신이면서 내 일기장이면서 내 자서전이다.


## 나를 알아봐준 중국 남경대학 전시회


이사장으로 근무하며 눈 코 뜰 새 없이 바쁠 때도 나는 붓을 놓지 않았다. 그렇게 틈틈이 그려온 그림이 꽤 많았지만 개인 전은 정말 드물게 열었다. 개인전이라는 틀에 묶이는 게 부담 스러웠기 때문이다. 그런 나를 중국 남경대학의 이사장님이 끈 질기게 설득했다.

치료 차 건국대학교 병원에 왔다가 벽에 걸린 내 그림에 큰 감동을 받은 이사장님은 여러 차례 나에게 개인전을 권했다. 중국에서는 당서기가 권력자인데 남경대 이사장이라는 지위가 바로 당서기에 해당한다. 이사장님의 진심에 감복해 나는 결국 2018년 남경대학 미술관에서 전시회를 열었다. 통관도 힘들고 이런저런 준비 비용도 많이 들었지만 그런 수고로움이 다 잊힐 만큼 너무나 뭉클한 전시회였다.

〈나의 꿈 나의 사랑〉이라는 제목으로 열린 전시회에서 나는 그동안 그린 작품 중 35점을 선별해 전시했다. 18년 만에 여는 개인전이라서 무척 긴장되고 떨렸는데, 다행히 전시회는 성공 적으로 끝났다.

무엇보다 기쁘고 자랑스러웠던 점은 전시회의 대단한 흥행도, 사람들의 열띤 관심도 아니었다. 관람객들이 나의 그림을 제대로 봐주었다는 점이었다. 관람객들은 그림이 나를 많이 닮았다고, 내 인생의 여정이 보이는 것 같다고 말했다. 그렇게 보아주니 왈칵 눈물이 솟았다. 관람객들이 순수함과 열정을 담아 가식 없이 그린 내 그림에서 삶에 대한 경의와 애정을 본다면 그보다 더 감동적인 일은 없다.

남경대학 이사장님이 우리 병원을 이전에 들렀을 때 복도에 걸린 그림을 보고 이런 말씀을 하신 적이 있다. "이 그림은 화가의 애절한 그리운 마음이 담겨 있네요. 뜨겁게 사랑했지만 만날 수 없는 인연처럼요." 그 말을 듣는 순간 내 가슴은 철렁 내려앉았다. 누구도 내 그림에 대해서 그렇게 정확하게 내 마음을 이야기해준 사람이 없었기 때문이다. 어떻게 알았을까, 마음속으로 생각하며 나는 마음을 들켰다는 것을 들키지 않기 위해서 눈물을 몰래 훔쳤다.

그림은 그렇게 마음과 마음을 연결하는 매개체인가 보다. 18년 만에 열리는 개인 전시회를, 그것도 중국 남경대학에서 해야겠다고 마음먹은 것은, 누구보다 내 그림을 잘 알아봐주는 사람과 공간에서 열고 싶었던 것 같다.

# 누군가에게 위안이 되는 그림

내 그림 중에 '보라장미'라는 이름이 붙은 그림이 있다. 보라장미라는 말은 나만 쓰는 말인데 실제 보라장미가 있기도 하다. 나는 빨강장미나 흑장미도 멋있지만 보라장미가 굉장히 멋있다. 차분하면서도 색에 깊이가 있고 낭만적이어서 멋있다. 내가 좋아하는 색깔이 보라, 빨강, 검정 그리고 초록인데 그중 보라색을 가장 좋아한다.

나는 침울하고 어두운 그림은 그리고 싶지 않다. 내 본성이 그러하지 않기 때문이기도 하지만, 순간순간 뼈아픈 인생을 살아오면서 그럼에도 삶이 얼마나 아름다운지 깨달았기 때문이다. 그래서인지 어느 미술평론가는 내 그림에서 힘과 생명력이 넘친다고 말한 적이 있다. 삶은 정말 고통스럽고 아프다. 하지만 그 고통 안에 꽃 같은, 햇살 같은 순간이 숨어 있다. 나는 그 인생의 진리를 그리고 싶고 그 진리에 사람들이 공감하면 그로써 족하다.

오늘도 나는 꽃을 그리고 나무를 그린다. 가끔은 어느 소박한 마을도 그리고, 나신의 여인도, 바구니에 담긴 과일도 그린다. 그밖에도 나의 마음을 움직이는 세상의 아름다운 모든 것을 그릴 것이다. 그 다양한 형태를 선으로 빚어내면서 나만의 색깔로 그 대상들을 완성할 것이다.

그럼에도 삶은 얼마나 아름다운지.
고통 안에 꽃 같은, 햇살 같은 순간이 숨어 있다.
나는 그 인생의 진리를 그리고 싶고
그 진리에 사람들이 공감하면
그로써 족하다.

하기
「14」
2022·09·8

내가 인생을 스스로 개척하며 살아냈던 것처럼 내 그림도 나만의 색깔로 창조하며 그릴 것이다. 앞으로도 나는 무언가를 얻기 위해서가 아니라 순수하게 창작에 대한 기쁨만으로 그림을 그리려 한다. 그 그림이 누군가에게, 단 한 명에게라도 위안이 된다면 그것으로 족하다. 내가 그림에서 삶의 용기와 의지를 얻었던 것처럼.

# 순간순간 다시 시작되는
# 인생을 꿈꾸다

가끔 인터뷰를 할 기회가 있을 때 꼭 받는 질문이 있다.

"다음 생에는 어떤 인생을 살고 싶으세요?"

감히 후회 없는 인생을 살았다고 말할 수 있기에 다음 생을 산다는 게 무슨 의미가 있을까 싶지만 그래도 생각해본다면 나는 지금처럼 바쁘고 열정 넘치는 삶을 살고 싶다. 편안하게 왕비처럼 곱게 사는 인생은 내키지 않는다.

평범한 삶도 가치 있고 의미 있지만 나는 좀 더 넓은 세상에서 무언가에 공헌하며 사는 삶을 살고 싶다. 공부에 뜻을 두고 미친 듯이 공부를 하고 싶기도 하고, 사회에 기여하는 사업가가 되고 싶기도 하고, 정치를 하면 어떨까 싶은 생각도 든다. 활동적이고 열정 넘치는 여성으로 세상에 이름을 날리는 삶을 살고 싶다.


## 오직 사랑 안에서


　사랑하는 사람과 오랫동안 백년회로 하고 싶은 바람도 크다. 사랑하는 두 사람이 만나 행복해지자고 결혼을 했는데 그 중 한 명을 너무 빨리 데려가는 것은 세상에서 가장 큰 고통 가운데 하나다. 무엇으로도 그 상실감을 채울 수 없다. 남편이 떠난 그 순간부터 나는 외로운 삶을 살았다. 다른 사람을 사랑할 기회도 있었고 재혼을 하고 싶다는 생각이 들기도 했지만 그건 또 다른 감정이었다. 남편과 함께 산 세월이 고작 8년. 미운 정이 들 시간도 없이 너무 빨리 떠나간 남편을 원망하기도 했지만 지금은 내 안의 묵직한 무게로 남아 있다.

　나는 인생에서 '사랑'이 없다면 의미 없는 삶이라고 생각한다. 그것이 남녀 간의 사랑이든 어떤 소신과 신념에 대한 사랑이든 사랑은 곧 열정을 의미하고 그 열정은 인생을 살아가는 원동력이 되기 때문이다.

　사랑은 대상도 형태도 다양하다. 나는 남편과의 사랑을 완성

나는 인생에서 사랑이 없다면 의미 없는 삶이라고 생각한다.
사랑은 곧 열정을 의미하고, 그 열정은 인생을 살아가는 원동력이기 때문이다.

하지는 못했지만 그 사랑을 아이에 대한 사랑으로, 학교에 대한 사랑으로, 그림에 대한 사랑으로 가지고 와서 크게 키웠다. 지금 돌아보면 단 한 번도 사랑하지 않은 순간이 없었던 것 같다. 사람들은 나를 보고 영화 같은 인생을 살았다고 말한다. 소설도 이보다 더 극적일 수는 없겠다고 말하기도 한다. 그 롤러코스터 같은 인생을 버티게 해준 것은 바로 사랑이었다.


## 소명(calling)

쉬웠다거나 평온했다고 말할 수 없는 인생이었지만 그랬기에 인생의 고난 앞에서 무너지지 않았으며 큰 성취감도 느꼈다. 운명을 믿지는 않지만 가끔 하나님이 뜻이 있어 나를 이 집안에 보낸 것이 아닌가 하는 생각이 들곤 한다. 무언가 과업을 이루라고 일부러 보내신 것이 아닌가 싶기도 하다. 그 깊은 뜻을 내가 얼마나 이루었는지는 알 수 없지만 부끄럽지는 않다고 생각한다. 그렇다고 이만하면 되었다고 만족하지는 않는다.

나는 세상을 떠나는 그 순간까지 순간순간을 새롭게 사는 인생을 살고 싶다. 내가 지금도 매일 한 시간 반씩 운동을 하고 자기 관리에 소홀함이 없는 이유는 젊어지고 싶어서가 아니라 지금 나의 삶을 충만하게 살고 싶기 때문이다. 인생의 가치와 아름다움은 젊음에만 있지 않다. 물론 청춘은 신체적으로도 가장 건강하기에 가능성을 가장 많이 품은 시기이긴 하다. 하지만 모든 가치를 젊음에 두고 '나는 이제 늙었으니 나잇값을 하며 살아야지'라는 생각은 어리석다. 나이가 많아도 열정을 가지고 새로운 것에 도전하고 매일매일 다른 가능성을 꿈꾸며 살아갈 수 있다. 나이 들었다고 인생의 활기와 활력마저 버리는 건 인생의 행복을 스스로 버리는 일이다.

## 내가 좋아하는 것, 싫어하는 것

무엇보다 나는 그림이 좋다. 꽃과 나무가 좋다. 그림 그리면서 듣는 클래식과 가수 윤도현의 〈우체국 앞에서〉 노래가 좋고 친구랑 아침에 영화관 가는 것이 좋다. 장소에 맞게 패션니스타처럼 옷 입는 게 좋고 20년 넘게 입고 있는 옷도 좋다. 학교는 그렇게 대범하게 변화시키면서 옷 버리는 것은 쉽게 못한다. 버리려고 했다가도 다시 갖고 들어온다.

혼자인 것은 싫다. 요즘은 혼밥이라고 해서 혼자 노는 것이 유행이라고 한다지만 나는 밖에서 혼자 밥 먹는 걸 못한다. 여행도 혼자 다니지 못한다. 그렇다고 주변에 사람을 많이 사귀거나 두지도 않는다. 교회에 몇십 년 다녔지만 친한 교인이 하나 없다.

불면증으로 잠을 잘 못자는 탓에 일찍 깨어나지만 새벽 어스름에 정원으로 들어오기 시작하는 햇살에 행복감을 느낀다. 마흔 살 이후 지금까지 헬스를 일주일에 세 번, 한 시간 반씩 빼놓지 않고 열심히 하는 내가 좋다. 날씨 좋은 날은 필드 나가서 골프치며 어울리는 것도 좋다.

학교 이사장으로 17년간 일하면서 수많은 일과 사람들을 만났다. 마음속에서 불쑥불쑥 튀어 나오는 스트레스와 분노를 털어버리기 위해 술로 만취한 적도 있고 노래방에 가서 실컷 노래를 불러 재낀 적도 있다. 〈잃어버린 우산〉〈그 겨울의 찻집〉을 자주 부른다. 막걸리도 좋지만 와인을 좋아하고 남들만큼 놀 줄 알고 욕도 남들만큼 한다.

요즘은 한국수채화작가회 회장을 맡고 있다. 마냥 그림 얘기만 할 수 있는 화가들을 만나는 게 즐겁다. 사심 없고 눈치 보지 않아도 되는 자리여서 편하다.

한번 하겠다고 하면 뭐든지 본대를 보여주는 내 대범함이 좋고, 사랑에 홀라당 빠져버리는 내 순수함이 좋다. 연애를 전혀 안했다면 거짓말이다. 마음에 드는 사람도 있었고 결혼까지 생각한 적도 있지만 아이들 생각에 실행에 옮기지는 못했다. 그것도 내 사랑의 선택이고 운명일 테다.

처음에는 학교를 위해서 일해줄 것처럼 하다가 막상 자리에 앉혀놓으면 딴짓하는 이들이 싫다. 나는 총장이면 총장의 일을, 교수면 교수의 일을, 학생이면 학생의 본업을 하길 바란다. 학교 발전을 위해서 애써주는 모든 이들이 감사하고 좋다.

## 다시 새로운 삶을 위하여

인생은 마음대로 되지 않는다. 만일 인생이 내가 가고자 하는 방향으로 잘 따라온다면 그 또한 지루할 것 같다. 예상치 못한 폭풍우를 만나고 돌부리에 걸려 넘어지기도 하고 그러다 무지개를 보기도 하기에 인생은 신비로운 것이다.

지금을 힘겹게 살아가는 사람들에게 감히 위로와 충고를 건넬 수는 없지만 인생을 길게 보라는 말은 반드시 해주고 싶다. 누구 못지않게 고난과 고통 속에서 살아왔던 인생 선배로서 해줄 수 있는 말은 그것 하나다.

이만큼을 살았어도 남은 내 인생이 어떻게 될지 알지 못한다. 장담할 수가 없다. 단지 나는 즐겁게 그림 그리고 사랑하며 행복하게 살아가고 싶다.

나는 지치지 않고
또 무언가를
계속 꿈꿀 것이다.
나는 내 삶을 사랑하며
행복하게 살고 싶다.

MY DREAM, MY LOVE
희망으로 꽃을 피워

1판 1쇄 인쇄　2020년 11월 27일
1판 1쇄 발행　2020년 12월 10일

지은이　　　김경희

발행인　　　양원석
편집장　　　차선화
디자인　　　섬세한 곰
영업 마케팅　양정길, 강효경, 김보미

펴낸 곳　　　(주)알에이치코리아
주소　　　　서울시 금천구 가산디지털2로 53, 20층(가산동, 한라시그마밸리)
편집문의　　02-6443-8861　　도서문의　　02-6443-8800
홈페이지　　http://rhk.co.kr
등록　　　　2004년 1월 15일 제2-3726호

ⓒ 김경희, 2020

ISBN　　　978-89-255-8954-1　　　03810